Christian Jaksch

TIM ROBBER
Jagd nach dem Inselschatz

Illustrationen von
Thalia Brückner

Das Buch wurde auf FSC-zertifiziertem Papier gedruckt und leistet damit einen aktiven Beitrag zur nachhaltigen Bewirtschaftung der Wälder rund um den Globus.

ISBN 978-3-943086-19-5

1. Auflage August 2015

www.suedpol-verlag.de

Bibliographische Information der Deutschen Nationalbibliothek
Die Deutsche Nationalbibliothek verzeichnet diese Publikation in der Deutschen Nationalbibliographie; detaillierte bibliographische Daten sind im Internet über http://dnb.ddb.de abrufbar.

Für Alina und Luca

Inhalt

Die dunklen Wellen des Atlantiks schlugen donnernd gegen die blanken Felswände der Steilküste von Southbay im Süden Englands. Der volle Mond schien auf ein kleines Gehöft, das in unmittelbarer Nähe der Abbruchkante der hügeligen Küstenebene stand. Hinter einem wuchtigen Felsbrocken kauerten zwei Gestalten in langen Ledermänteln, die eine groß und hager, die andere gedrungen und bucklig. Schon seit Stunden beobachteten die beiden den Schuppen neben dem Haupthaus. Durch einen Spalt im Tor schimmerte ein schwacher Lichtschein.

Der Hagere riss dem kleineren Mann das Nachtsichtgerät aus der Hand und stellte es scharf. »Ich hoffe für dich, dass du den Richtigen ausfindig gemacht hast«, knurrte er.

Plötzlich erlosch das Licht und das Tor schwang auf. Die beiden duckten sich reflexartig etwas tiefer hinter den

Felsen. Ein kleiner älterer Mann trat aus dem Schuppen und schulterte eine rechteckig geformte Tasche. In der linken Hand hielt er einen Käfig, in dem mehrere weiße Mäuse herumturnten.

Hastig hielt der Große das Sichtgerät an seine Augen. »Volltreffer! Wir haben ihn! Und es sieht ganz so aus, als hätte er das, was wir seit zwei Jahren suchen, da in seiner Tasche!« Ein bösartiges Grinsen zog sich über sein Gesicht.

Der Todesslooping

Tim drückte bereits zum dritten Mal auf den summenden Radiowecker und drehte sich schnell wieder auf die Seite. Aber seine Mam war eisern: »Tim!« Die Rufe hallten im Minutentakt von der Küche bis in sein Zimmer im ersten Stock. »Aufstehen!«

Wie einen Schutzschild zog Tim sich die Bettdecke über den Kopf und seufzte. Nichts zu machen. Er musste aufstehen. Zum Glück war heute der letzte Schultag! Sechs Wochen Ferien lagen vor ihm. Tim war sich allerdings nicht sicher, ob er sich auf die restlichen Schulstunden freuen sollte. Erst gab es Zeugnisse und der Unterricht endete schon nach dem gemeinsamen Mittagessen in der Schulmensa. Für den Nachmittag hatte sein Klassenlehrer Mister Jones eine Überraschung angekündigt. Tim hasste Überraschungen!

Schon fast sieben. Gleich würde seine Schwester ins Badezimmer rauschen und es für mindestens dreißig Minuten besetzen. Da musste er unbedingt schneller sein. Er schwang seine Beine aus dem Bett und quälte sich hoch. Autsch! Jede Stelle seines Körpers tat weh. Bis heute hatte er nicht gewusst, dass er überhaupt so viele Muskeln besaß. Jeder einzelne schmerzte – Muskelkater vom gestrigen Sportunterricht. Mister Jones hatte ihn als Stürmer beim Fußball eingeteilt. Natürlich nur um ihn zu ärgern, normalerweise ließ er ihn gnädigerweise ins Tor.

Mam rief wieder aus der Küche nach oben. »Du kommst zu spät!« Jeden Morgen dasselbe Theater.

»Ja, Mam, ich komme!«, rief Tim genervt zurück. Immerhin stand er nun schon vor seinem Bett. Jetzt noch die Strecke bis zur Tür. Gar nicht so einfach, denn auf dem Fußboden standen acht Plastikkisten mit großen Steinbrocken und Platten, die er im Billforder Steinbruch gesammelt hatte. Die waren auch der Grund, warum Mam sein Zimmer nicht mehr betrat. Sie weigerte sich, wie ein Storch zwischen den Kisten herumzustaksen. Neben der Tür stand ein großes Regal mit Tims Lieblingsschätzen: ausgefallen geformte Steine, uralte Fossilien und glitzernde Mineralien, die er in den letzten Jahren zusammengetragen hatte. An jedem Stein war ein kleiner gelber Zettel mit Fundort und -datum befestigt. Das Städtchen Billford war ein Paradies für Steinesammler. In der ehemaligen Bergwerksiedlung gab es fünf Steinbrüche und zwei stillgelegte Bergwerke. Für Hobbysammler wie Timothy Robber, aber auch für Geologen von den Universitäten war Billford ideal zum Erforschen und Studieren der Gesteine.

Als Tim seine Zimmertür öffnete, schwebte seine Schwester Gwendolen gerade an ihm vorbei. Gwen wollte schon mit neun Jahren Model werden und daran hatte sich leider bis heute nichts geändert. Sie sah sich sämtliche Modelsendungen im Fernsehen an und stolzierte danach wie auf dem Catwalk im Haus umher. In diesem Moment steuerte Gwen das Badezimmer an. Tim wollte sich noch schnell vor ihr auf den Flur quetschen, aber seine hochgewachsene Schwester schubste ihn unsanft ins Zimmer zurück.

»Wer nicht aufstehen will, muss warten, Bruderherzchen!«, flötete sie.

»Lös dich doch einfach in Luft auf, du Ziege!«, zischte Tim zurück.

Schon dröhnte eine Stimme von unten: »Tim, kannst du diese Frechheiten bitte sein lassen?«

Wie konnte Mam ihn von der Küche aus überhaupt hören? Betty Robber war sehr empfindlich, was die Wortwahl ihrer Kinder betraf. Gwen lief schnell zur Badezimmertür und mit einem Schwung war sie dahinter verschwunden. Ratschend wurde der Schlüssel von innen umgedreht. Dann eben Frühstück ohne duschen. Tim schlurfte die Treppe hinunter. Bei jedem Schritt drückten unsichtbare Monster mit Riesenhänden in seine Schenkel. Er verfluchte Mister Jones. Warum hatte er ihn gestern nicht als Torwart eingeteilt? Diese Mannschaftssportarten, bei denen man einem Ball hinterherrennen musste, fand er einfach ätzend. Wenigstens würde er in den Ferien vor solchen sportlichen Aktivitäten seine Ruhe haben.

»Guten Morgen, Mister Robber!« Pap blickte über seine Zeitung und schob die Lesebrille ein Stück in Richtung Nasenspitze.

»Morgen, Pap!«

»Freust du dich auf den letzten Schultag, mein Großer?«

Pap war ein Schwindler. Tim war alles andere als groß. Genauer gesagt einhundertfünfundfünfzig Zentimeter. Und das, obwohl er morgen endlich zwölf werden würde. Das störte Tim sehr, vor allem, weil seine Schwester einen ganzen Kopf größer war.

»Was jetzt, freust du dich oder nicht?«

»Geht so. Sozusagen.«

»Sozusagen was?«

»Na einfach sozusagen geht so«, sagte Tim und hoffte, Pap würde ihn nicht weiter auf die Schule ansprechen.

»Du musst los, John.« Betty Robber stellte ihrem Mann seine Arbeitstasche vor den Tisch. »Ich habe dir Brote gemacht und vergiss nicht, genug zu trinken.«

Tim schüttete Cornflakes in seine Müslischale. Mam behandelte seinen Vater wie ein Kleinkind. Jeden Tag der gleiche Hinweis, dass er genug trinken sollte. Aber seiner Mutter war wichtig, dass alles seinen geordneten Gang nahm. Tim dachte an den nächsten Tag, seinen Geburtstag. Er ahnte, dass diese Ausnahmesituation für Mam wieder ziemlich anstrengend werden würde. Schrecklich!

John Robber atmete schwer, als er von seinem Stuhl aufstand. Pap war ein Riese. Ein runder Riese. Kopf rund. Bauch rund. Pap aß für sein Leben gern und Mam hatte es aufgegeben, ihn zum Abnehmen zu bewegen. »Großer, morgen gibt es für dich den neuesten Prototyp unseres Pettersonphones!«

»John! Muss der Junge schon vorher von seinem Geburtstagsgeschenk erfahren? Jetzt ist es doch keine Überraschung mehr!«

Tim strahlte seinen Vater an. Pap konnte nie etwas für sich behalten. »Den mit der Heimsteuerungs-App und der coolen Rennwagensimulation?«

»Genau den!« John Robber verließ das Haus, um sich in den schwedischen Kleinwagen hineinzuzwängen, den ihm seine Firma zur Verfügung gestellt hatte. Tims Vater war Verkäufer von Smartphones eines schwedischen Elektronikkonzerns und hin und wieder bekam er von der Entwicklungsabteilung die neuesten Geräte zum Testen mit nach Hause. Das fand Tim natürlich großartig. So wusste er immer als erster über die neuesten Apps und Spiele Bescheid. Zur Zeit spielte er am liebsten *The Big Desert Race*, ein Autorennen quer durch die Wüste, mit Hindernissen und Verbrecherjagd. Tims Laune besserte sich bei dem Gedanken an sein Geburtstagsgeschenk schlagartig.

»Tim, hör auf zu träumen und iss endlich dein Frühstück«, drängte Betty Robber ihren Sohn und wischte hektisch über den Küchentisch.

Gwen kam ohne den Kopf zu heben zur Tür herein. Ihr rechter Daumen wischte lässig über ihr Smartphone. Jetzt würde Mam wieder vergeblich versuchen, Gwen zum Frühstücken zu bewegen. Das war allerdings sinnlos, da sich Tims Schwester auf Dauerdiät befand.

Die Lord-Nelson-Gesamtschule war wie eine Fabrik. Groß. Laut. Hässlich. Massen von Schülern drängten lärmend durch das breite Eisentor am Eingang. Timothy Robber schob sich schrittweise mit den anderen in den Haupteingang. Hin und wieder blieb ihm bei dem Gequetsche die Luft weg. Wieso hatten es nur alle so eilig, in die Schule zu kommen? Am liebsten hätte er die Krawatte abgenommen, die ihm den Hals zuschnürte. Sie war aber Bestandteil der Uniform, auf die an dieser Schule sehr viel Wert gelegt wurde. Alle sollten gleich aussehen. Seit einem Jahr war Tim auf der *Nellie*, wie sie von ihren Schülern genannt wurde. Noch fünf Jahre musste er durchstehen. Zähneknirschend suchte er sich einen freien Weg entlang der Flurwand. Zu viele Menschen für seinen Geschmack! Tim steuerte auf sein Klassenzimmer zu. Die Tür stand weit offen. War er zu spät?

Mister Jones wartete bereits an seinem Pult. »Timothy. Machst du bitte die Tür hinter dir zu. Wir sind jetzt vollzählig.«

Tim ging rasch in die letzte Reihe zu seinem Platz. Links saßen David und Nick, die grinsend hinüberblickten. Mia und Eva, die vor Tim saßen, drehten sich um. Mia formte ein *Hallo* mit ihren Lippen. Er spürte, dass seine Ohren glühten. Die beiden Mädchen kicherten. Tim mochte Mia, aber er traute sich nicht einmal, mit ihr zu sprechen. Mia interessierte sich genau wie Tim für Geographie und Geschichte. Wie gerne hätte er ihr seine wertvollen Steine gezeigt. Oder wäre mit ihr in den Steinbruch gegangen, um mit ihr zusammen die grauschwarzen Steinplatten mit den Millionen Jahre alten Fossilien herauszuklopfen. Tim seufzte. Er hatte sich schon so oft vorgenommen sie zu fragen, nur um es dann wieder zu verschieben. Damit musste jetzt Schluss sein! Im neuen Schuljahr würde er das ändern. Ja, gleich nach den Ferien würde er sich mit Mia verabreden.

Mister Jones erklärte seiner Klasse gerade, wie er sich den letzten Schultag vorstellte. Nach den vier Schulstunden, in denen er den Jahresstoff kurz wiederholen wollte, würde er die Zeugnisse verteilen. Danach das gemeinsame Mittagessen. Die Nellie war eine Ganztagsschule und verfügte über einen fast turnhallengroßen Speisesaal. Und dann? Die angekündigte Überraschung! Tim rutschte auf seinem Stuhl hin und her. Aufgeregtes Getuschel machte sich im Klassenzimmer breit. Was hatte sich Mister Jones zum Abschluss des Schuljahres ausgedacht?

»Wir gehen gemeinsam auf den Billforder Rummelplatz!« Mister Jones wirkte dabei wie ein Feldherr, der seinen Generälen den entscheidenden Schlachtplan mitteilt. Allgemeiner Jubel setzte ein. Tim aber vergrub seinen Kopf in den Armen. So ein Mist! Rummelplatz! Massen von Leuten! Lärm! Gedrängel! Fahrgeschäfte, so hoch wie Kirchtürme! Er hätte heute morgen doch lieber im Bett liegenbleiben sollen.

Nach vier endlos langen Stunden und einem hastig heruntergeschlungenen Mittagessen zog Mister Jones mit seiner Klasse im Schlepptau los. Der Rummelplatz lag an der Straße nach Bristol, das rund fünfzig Kilometer von Billford entfernt war. Schon von weitem hörten sie das schrille Hupen der Fahrgeschäfte und die Ansagen der Schausteller. Alljährlich fand Ende Juli in Billford der Rummel statt, acht Tage lang konnte sich hier die Bevölkerung vergnügen. Es gab riesige, moderne Hochgeschwindigkeitsfahrgeschäfte und Überschlagschaukeln neben nostalgischen Kettenkarussells. Davor reihte sich ein bunter Verkaufsstand an den nächsten. Mister Jones' Klasse interessierte sich allerdings nicht für die zahlreichen Pommesbuden, Schmuckverkäufer, T-Shirt- und Haushaltswaren-Stände. Sie drängten, allen voran David und Nick, dahin, wo die Karusselle standen.

Es war eine Menge los an diesem Nachmittag. Viele Leute hatten schon Urlaub und nutzten die Zeit für einen Spaziergang über den Markt. Mister Jones musste David und Nick zurückpfeifen, die schon ein Stück vorgelaufen waren. Die beiden hatten nur ein Ziel: Zum ersten Mal gab es auf dem Billforder Rummelplatz eine richtige Attraktion – eine Achterbahn. Keine gewöhnliche, sondern eine Doppelloopingachterbahn! Eine fünfzig Meter hohe Megakonstruktion, über die seit zwei Wochen in der regionalen Zeitung geschrieben wurde. Die größte mobile Achterbahn Großbritanniens - der *Todeslooping*! Vor ein paar Tagen hatte John Robber seinem Sohn aus dem *Billforder Anzeiger* die technischen Daten des stählernen Monsters vorgelesen und allein bei der Vorstellung von der Höhe der Achterbahn wurde Tim schon schwindelig. Die extreme Höhenangst hatte er von seiner Mam geerbt.

Und jetzt stand er ausgerechnet vor genau diesem Stahlkoloss. Die beiden Loopings sahen wie die Brille einer Kobra aus, die imstande gewesen wäre, Billford mit einem einzigen Biss zu verschlingen. Die Schienenbahnen verliefen auf hohen Stelzen und darüber blinkte auf einer riesigen Leuchtreklame der Schriftzug *Todeslooping*. In einem langen Schlitten wurden die Fahrgäste

senkrecht in die Höhe gezogen, um dann spiralförmig in die Tiefe zu stürzen. Danach ging es kopfüber in den ersten Looping und gleich darauf mit noch höherer Geschwindigkeit in den zweiten.

Mister Jones nutzte die Gelegenheit, um seiner Klasse die physikalischen Besonderheiten einer Achterbahn zu erklären. Er war nicht umsonst auch Fachlehrer für Naturwissenschaften. Jetzt dozierte er darüber, wie sich der Schlitten und die Leute darin überhaupt auf den Schienen halten konnten, ohne abzustürzen. Er versicherte seinen Schülern, dass sie der Zentrifugalkraft voll und ganz vertrauen konnten und diese allein schon dafür sorgen würde, dass während des Loopings keiner aus dem Wagen herausfiele.

Vor dem Kassenhaus der Achterbahn hatte sich eine lange Schlange gebildet. Trotz der Schreie der Fahrgäste, die kopfüber und verdreht die stählernen Schleifen des Loopings hinunterrasten, trotz der abschreckend weißen Gesichter der Menschen, die nach jeder Fahrt aus dem Schlitten stiegen: Alle wollten mit diesem Monstrum fahren! Tim wollte nicht. Auf gar keinen Fall! Niemals! Während Mister Jones versuchte, die physikalischen Formeln von Geschwindigkeit und Bremsweg verständlich zu machen, las Tim das Hinweisschild vor dem Fahrgeschäft. Leute mit Herzproblemen durften nicht mitfahren! Hatte er die? Eintritt nur für Personen über Einmetervierzig! Tim wäre in diesem Moment liebend gerne fünfzehn Zentimeter kleiner gewesen. Alle losen Sachen abgeben! Sein Smartphone würde er auf keinen Fall aus der Hand geben. Jetzt war der Moment gekommen, wo Mister Jones den Physikunterricht von der Theorie in die Praxis umsetzen wollte. Seine Schüler sollten die Physik am eigenen Leib spüren und die Fliehkraft fühlen. Tim wünschte, Mister Jones würde sich in Luft auflösen.

Erleichtert fiel ihm ein, dass er kein Geld mitgenommen hatte. Aber im gleichen Moment verkündete sein Lehrer, dass die Fahrt aus der Klassenkasse bezahlt werden würde. Tims Mund war staubtrocken. Er konnte nicht mehr schlucken. Mister Jones stand bereits am Kassenhaus und verhandelte mit der grell geschminkten Verkäuferin, die fast das ganze Häuschen ausfüllte. Tim beobachtete Mia, die ein Stück vor ihm stand. Sie schien auch nicht besonders wild darauf zu sein, in die Achterbahn zu steigen, aber Eva sprach beschwörend auf sie ein und schien damit auch Erfolg zu haben. In Tims Kopf begannen die Gedanken zu rasen. Wie kam er aus dieser Nummer wieder heraus?

Die Klasse ordnete sich in die Warteschlange ein. Vor Tim drängelten David und Nick, die es kaum abwarten konnten. Noch rund zwanzig Personen standen vor ihm, die nach und nach in den knallrot lackierten Achterbahnschlitten verschwanden. Plötzlich zuckten alle zusammen. Ein lautes Donnern ging über den Platz. Am Himmel schoben sich dunkle Wolken vor die Sonne und ein kräftiger Wind blies in die Fahnen, die an Stangen vor dem Todeslooping flatterten. Die Leute hielten ihre Kopfbedeckungen fest und einige Kinder ließen erschrocken ihre bunten Luftballons los.

Tim drehte den roten Fahrchip nervös zwischen Daumen und Zeigefinger hin und her, den Mister Jones gerade an alle Schüler verteilt hatte und trat abwechselnd von einem Bein aufs andere.

»Na Robber, haste Schiss?«

Beinahe wäre Tim ein ehrliches *Ja* herausgerutscht. Aber er biss sich auf die Lippen. Vor David wollte er seine Angst auf keinen Fall zeigen. Auch nicht vor Mia und Eva, die soeben in den funkelnden Schlitten einstiegen. Noch zehn Schüler vor Tim. Der Wind rüttelte an den hohen Schienenstelzen.

»Bitte einsteigen, meine Herrschaften! Wir wollen doch nicht, dass der Todeslooping ohne Sie davonfliegt!«

Die Durchsage der dicken Kartenverkäuferin passte zu Tims Gedanken. Davonfliegen! Am besten nach Hause. Noch fünf Personen vor ihm.

Die Windböen waren inzwischen so kräftig, dass die Schüler sich am Geländer vor der Achterbahn festhielten. Gleich musste die Kartentante doch bekannt geben, dass die Achterbahn wegen des schlechten Wetters geschlossen werden müsste. Ein Blitz zuckte über den Himmel. Es dauerte eine ganze Weile, dann folgte ein gewaltiger Donnerknall. Automatisch zählte Tim die Sekunden, die dazwischenlagen, noch war das Gewitter nicht allzu nah, aber das konnte sich ja schnell ändern.

»Die Fahrt ist doch jetzt viel zu gefährlich!«, rief Tim David zu. Der Sturm brauste ihnen um die Ohren.

»Wieso das denn?« David sah ihn verständnislos an.

»Na, wegen des Sturms. Sozusagen.«

»Sozusagen, was?«, brüllte David.

»Weil die Achterbahn umkippen könnte! Oder der Blitz könnte einschlagen.«

»Nick, hast du unser Mädchen gehört? Die Achterbahn kippt bei dem lauen Windchen um. Ich lach mich tot!«

Nick johlte und klopfte Tim dabei auf die Schulter. Idioten!

Ein kahlköpfiger Typ mit tätowierten Armen, Lederweste und Zigarette im Mund lehnte am Einstieg und sammelte die Fahrchips ein. Dabei gab er jedem Fahrgast noch einen flapsigen Kommentar mit. Schon stand Tim vor dem Schlitten, der ihn an eine dicke Raupe erinnerte. Mia und Eva winkten ihm überdreht mit beiden Händen zu. Aber Tim war alles andere als zum Lachen zumute.

»Na, Lockenköpfchen, pass mal schön auf deine Frisur auf!«

Tim sah in ein schmieriges Grinsen. Der Typ hatte zu seinem schlechten Humor auch noch brüchige gelbe Zahnreihen. Und plötzlich hatte Tim genug. Als der Witzbold seinen Chip einforderte, drehte Tim einfach um, ließ Nick und David vor sich stehen und rannte vorbei am Rest der Klasse. Mister Jones, der am Ende der Reihe stand, sah ihn ungläubig an. Tim drückte seinem Lehrer den Fahrchip in die Hand: »Mir ist schlecht. Schöne Ferien, Mister Jones!« Er wollte einfach nur weg von diesem Ort.

Tim rannte an den Verkaufsbuden vorbei zum Ausgang. Der Geruch von gebrannten Mandeln und frittiertem Fisch zog ihm in die Nase. Schnell drückte er sich durch die Menschenmasse, die sich zum Ausgang bewegte. Und dann öffnete der Himmel über Billford seine Schleusen.

Ein geheimnisvolles Geschenk

Familie Robber wohnte in der Welton Road, einer ruhigen Straße in einer ehemaligen Arbeitersiedlung. Die roten Backsteinhäuser standen dicht an dicht und sahen alle gleich aus. Die Bergbaugesellschaft hatte dieses Wohnviertel damals für ihre Mitarbeiter gebaut, als nahezu alle Männer der Stadt in den Zechen und Werken dieser Firma gearbeitet hatten. Bergbau gab es in Billford aber schon lange nicht mehr. Die letzten Zechen waren bereits vor vierzig Jahren geschlossen worden. Der Vater von John Robber, John Robber senior, hatte als einer der Letzten Untertage gearbeitet. Die Rohstoffgewinnung war unrentabel geworden, denn im Ausland wurden Erze und Mineralien inzwischen billiger abgebaut.

Das Haus der Robbers war zwar nicht groß, doch alle Familienmitglieder hatten ihr eigenes Zimmer und in das kleine Gärtchen passten genau vier Liegestühle. In der Welton Road wohnten viele alte Leute, Tim und Gwen waren die einzigen Kinder. Zum Spielen hatten die Robberkinder in der Nachbarschaft also niemanden. Tim war das egal. Er war sowieso am liebsten allein. Bei sich. Bei seinen Steinen. Bei seinen Fossilien. Oder er ging mit Pap zum Steinbruch, um mit Hammer und Meißel im Gestein zu klopfen.

Deshalb graute ihm auch vor seinem morgigen Geburtstag. Tim hätten seine Geschenke am Morgen genügt, dazu ein Kuchen – fertig! Doch seine Mutter fand, dass Geburtstage dazu da waren, unbedingt gefeiert zu werden. Da bildete sein Geburtstag keine Ausnahme. Und da Tim nicht wusste, wen er zu seiner Feier hätte einladen sollen, übernahm das Betty Robber für ihn. Neben der 83-jährigen Tante Lizzy, die zu jedem Fest der Robbers kam, erhielten auch David und Nick eine Einladung. Ausgerechnet *der* David und *der* Nick. Leider war Davids Mutter Mams beste Freundin. Und David und Nick waren wie ein siamesisches Zwillingspaar, deshalb lag es für Mam nahe, auch Nick einzuladen. Tim ärgerte sich maßlos, dass Mam mal wieder über seinen Kopf hinweg entschieden hatte. Er konnte sich schon die blöden Sprüche der beiden ausmalen, die sie über ihn abließen, weil er vor der Achterbahnfahrt davongelaufen war. Hoffentlich würde der Nachmittag schnell vergehen!

Den Robberkindern war es nicht vergönnt, am ersten Ferientag auszuschlafen. Bereits um sieben Uhr wachten sie durch das Scheppern von Putzeimern und vom Staubsaugerlärm auf. Das Haus wurde wieder mal auf Hochglanz gebracht – schließlich wurden Gäste erwartet! Seit Betty Robber wegen der Kinder ihren Job als Übersetzerin für Französisch und Italienisch an den Nagel gehängt hatte, steckte sie all ihre Energie in ein perfektes Zuhause. Die Sauberkeit im Hause Robber wurde nur noch vom Operationssaal des Billforder Krankenhauses übertroffen.

Auf der alten Küchenuhr standen die Zeiger auf drei Uhr. Tim seufzte. Noch zwei Stunden musste er durchhalten. Die Feier zog sich in die Länge wie alter Kaugummi. Soeben spielte Gwen auf dem Klavier Sonaten von Chopin vor. Wie jedes Jahr. Mam bestand darauf, weil das so Tradition war. Mit Klavierspielen konnte Gwen viele Pluspunkte bei Mam sammeln. Sie durfte sich dann neue Klamotten kaufen, sich von ihr Schminke ausleihen und vor allem: sie hatte die Erlaubnis auszugehen. Seit Gwen dieses Jahr fünfzehn geworden war, ließ sie es krachen und war kaum noch zu Hause. Sie dachte sicher an die nächste Party mit ihrem neuen Freund Marco, als sie soeben eine besonders romantische Stelle vorspielte, bei der Mam und Tante Lizzy zeitgleich anfingen zu weinen. Gwen grinste ihren Bruder dabei hämisch an, was ihn noch mehr ärgerte.

David und Nick vergnügten sich mit einem Spiel auf ihren Smartphones, bei dem sie online gegeneinander antraten. Nachdem Gwen ihre dritte Sonate beendet hatte, machten sich die Geburtstagsgäste daran, Tante Lizzys berühmt-berüchtigte Buttercremetorte zu kosten. Nur Gwen knabberte an einem der trockenen Kekse, die Mam auf den Tisch gestellt hatte. Tim sah wieder auf die Uhr. Noch eine ganze Stunde. Gleich würde Mam zur großen Schrankwand laufen und die Spielkiste herausholen. Wie jedes Jahr. Mams Spielkiste war ihr Heiligtum. Eine mit buntem Geschenkpapier ausgelegte Holzkiste mit Gesellschaftsspielen. Spiele, mit denen Mam vor über dreißig Jahren bereits gespielt hatte. Mam erhob sich. Gwen knabberte an ihrem Keks. David und Nick schaufelten Torte in sich hinein. Tante Lizzy hielt ihren Kuchenteller über den Tisch und versuchte, sich ein zweites Stück auf den Teller zu laden. Tim rechnete aus, wie viel Zeit mit einem Spiel vorbeigehen könnte. Dann passierte es.

Ein lautes Ballern und Donnern erschütterte die ganze Wohnung. Salven wie von Maschinengewehren ratterten durch die Luft. Zuerst fiel Tante Lizzys Kuchenteller herunter und zerbarst in tausend Stücke. Mam schrie auf. David und Nick prusteten zeitgleich ein fettes Stück Torte über den Tisch. Auf Betty Robbers Gesicht leuchteten hektische rote Flecken. »Tiiiiiim! Mach das sofort aus oder ich sage deinem Vater, dass er dir dieses Ding wieder wegnimmt!«

Die anderen schauten verwirrt. Was ausmachen? Was wegnehmen? Tante Lizzy war zu Tode erschrocken, sie war eine der letzten Einwohnerinnen von Billford, die den Zweiten Weltkrieg noch hautnah miterlebt hatten. Oft erzählte sie den Robberkindern von den Bombenabwürfen über London. »Ist es wieder soweit?«, flüsterte sie mit brüchiger Stimme. Betty Robber setzte sich sofort zu ihrer Tante und legte beruhigend den Arm um sie. Tim sprang auf, zog schnell sein Pettersonphone aus der Tasche und schaltete mit der Heimsteuerungs-App die Türglocke aus. Das neue Pettersonphone von Pap war einfach fantastisch! Damit konnte er alle elektrischen Geräte im Haus an- und ausschalten. Egal, wo er sich gerade befand. Am Vormittag hatte er die Türglocke umgebaut, damit er sie mit verschiedenen Klingeltönen aufladen konnte. Dann hatte er aber vergessen, sich die neuen Töne anzuhören. Arme Tante Lizzy!

»Mach jetzt endlich die Tür auf, Timothy!« Wenn Betty Robber sehr verärgert war, nannte sie ihn bei seinem richtigen Vornamen.

Tim rannte zur Tür. Ein Mann vom Paketdienst grinste ihn an. »Feiert ihr heute schon Silvester?«

»Nein, Geburtstag!«

»Na dann herzlichen Glückwunsch. Ein Paket für dich!«

Tim staunte über das graue Päckchen, das an ihn persönlich adressiert war. Es war überraschend schwer für die Größe. Verwundert las er den Absender. »Es ist von Opa James.«

»Sicher auch so ein dämliches Erfinderteil.« Gwen winkte ab. Sie hatte von Opa James zum Geburtstag einen Turbofön bekommen, der die Haare angeblich zehnmal schneller trocknen sollte. Der Fön hatte allerdings stattdessen Gwens Haare in wenigen Sekunden elektrisch aufgeladen. Ihre lange Mähne hatte senkrecht zur Badezimmerdecke gestanden und das kurz vor ihrem ersten Date mit Marco. Sie brauchte zwei Stunden, bis sich ihre Haare wieder normalisiert hatten. Tim hatte seine Schwester noch nie so wütend gesehen. Für sie war

Opa James seitdem untendurch, ein hoffnungslos durchgeknallter Erfinder.

Tim wuchtete das schwere Paket auf den Tisch. Der Anblick machte selbst David und Nick neugierig, sodass sie ihre Smartphones zur Seite legten.

»Wer ist dieser Opa James?« Nick sprach zum ersten Mal an diesem Nachmittag.

»James Grant ist mein Vater«, erklärte Betty Robber mit ehrfurchtsvoller Stimme.

Gwen verdrehte die Augen. »Ja und zwar einer mit bahnbrechend unnötigen Einfällen!«

»Ist er ein Erfinder?« Nick beugte sich gespannt nach vorne.

»Ja, das auch. Aber vor allem ist er Physiker. Atomphysiker.« Betty Robber war immer sehr stolz, wenn sie von Opa James' Beruf sprach. Tim versuchte vorsichtig, den mit mehreren Schichten Paketband verklebten Karton zu öffnen.

»Mein Vater hat in einem großen Atomforschungsinstitut in der Schweiz gearbeitet«, fuhr Tims Mutter fort. »Alles sehr geheim. Seit zwei Jahren ist er wieder zurück in der Heimat. Er lebt in Southbay an der Südküste.« David und Nick hörten beeindruckt zu. »Leider hat Tim von seinem Großvater weder das Talent für Physik noch für Mathe geerbt, sondern nur das Talent zum Chaos.«

Den letzten Satz seiner Mam hörte Tim schon nicht mehr. Nachdem er den äußeren Karton aufgeklappt und das Füllmaterial herausgezogen hatte, entdeckte er einen zweiten Karton. Sein Herz klopfte vor Aufregung.

»Jetzt mach schon, Robber, stell dich nicht so an!«

Tim ignorierte David und schnitt behutsam die Klebestreifen durch. Im zweiten Karton befand sich gelbe Holzwolle. Ein Geruch von Lackfarbe strömte ihm entgegen. Gwen hatte sich mittlerweile Kopfhörer aufgesetzt und bewegte sich mit geschlossenen Augen im Rhythmus der Musik. Beherzt griff Tim in die Holzwolle hinein und zog einen roten Kasten mit goldenen Beschlägen hervor. Vorsichtig stellte er ihn auf den Tisch.

»Was ist das denn?«

»Mach schon auf!« David streckte gierig die Finger nach dem Kästchen, um den Deckel aufzureißen.

»Lass das!«, fauchte Tim. Erstaunt zog David seine Hände zurück.

Tim atmete tief ein, bevor er den Verschluss hochschnappen ließ und das Kästchen öffnete. Eine bronze schimmernde Metallkugel lag in einem ausgeformten roten Samtbett. Ein schmaler Holzring umspannte die

Kugel, auf dem in regelmäßigen Abständen blaue Steinchen eingelassen waren.

»Ein Briefbeschwerer«, behauptete Nick und grinste abfällig.

»Quatsch!« Tim warf Nick einen vernichtenden Blick zu. Zu seinem Großvater passte eher etwas Technisches, etwas Geheimnisvolles und ganz bestimmt kein Briefbeschwerer!

Mittlerweile waren auch Betty Robber und Gwen neugierig geworden, was Opa James da nach Billford geschickt hatte, und schauten Tim über die Schulter. Der griff vorsichtig nach der Kugel und wog sie behutsam in seiner Hand. »Sie hat ungefähr das Gewicht einer Boule-Kugel, hm ... vielleicht sogar etwas schwerer.«

»Und sie ist viel größer!«, mischte Betty Robber sich ein. Sie hatte solche Spielkugeln von einem früheren Frankreichurlaub mitgebracht.

»Da ist noch was in der Kiste!« Nick zog eine Postkarte heraus. »Lies mal vor, Robber!«

Tim betrachtete die Karte, auf deren Vorderseite ein Bild des Londoner Big Ben mit seinem riesigen Zifferblatt abgebildet war. Auf der Rückseite stand in der geschwungenen Handschrift von Opa James: *Lieber Tim! Wenn du an dem Holzring drehst, kannst du das Weltall betrachten. Die Kugel birgt ein Geheimnis. Ich lade dich zu mir ein, dann erfährst du mehr. Fahr mit dem Frühzug am nächsten Montag nach Southbay. Ich werde dich am Bahnhof abholen. Gruß, James Grant*

Tim schüttelte den Kopf. »Komisch. Er gratuliert mir nicht mal zum Geburtstag. Und unterschreibt mit seinem vollen Namen.«

»Ich hab's ja gleich gesagt, der wird immer seltsamer.« Gwen blieb bei ihrer Meinung über ihren Großvater.

Tim nahm die Kugel in die linke Hand und drehte mit der rechten an dem Holzring. Plötzlich strahlte helles blaues Licht aus den eingefassten Steinen! Tim erschrak so sehr, dass er die Kugel beinahe fallen gelassen hätte. Auch David und Nick sprangen zurück. In der Mitte der Kugel öffnete sich wie von Geisterhand ein kleiner Spalt. Im Inneren bewegte sich etwas! Er hob die Kugel näher an sein rechtes Auge. »Unglaublich!« Tim konnte mitten ins Weltall sehen! Als würde er mit einem riesigen Teleskop den Sternenhimmel betrachten. Spiralförmige Galaxien taten sich vor ihm auf. Kugelförmige Sternhaufen blinkten ungleichmäßig. Unzählige Sterne versteckten sich hinter nebligen Streifen. War das die Milchstraße? Da, die Planeten! Alles sah vollkommen echt aus.

»Mensch Robber, wir wollen auch mal gucken. Gib rüber!« David riss Tim die Kugel aus der Hand, aber die Öffnung schnappte direkt vor seiner Nase zu. »Verdammt. Was war das jetzt?«, maulte David.

Tim versuchte erneut an dem Holzring zu drehen. Vergeblich. Die Kugel blieb verschlossen, auch das blaue Licht war erloschen. Tims Herz klopfte bis zum Hals. »Das war ein Wunder! Unfassbar!«, rief er begeistert.

»Ja. Ein unfassbarer Mist. Deine Schwester hat schon recht, euer Großvater ist echt ziemlich seltsam!« David und Nick waren enttäuscht, nichts von dem Kugelinneren gesehen zu haben. Tim starrte noch lange auf Opa James' Geschenk. Welches Geheimnis mochte diese Kugel in sich tragen?

Der unheimliche Fremde

Den zweiten Ferientag verbrachte Tim damit, seine Steinsammlung neu zu sortieren. Als er nachmittags bei herrlichem Sonnenschein immer noch in seinem Zimmer hockte, schlug seine Mutter vor, er solle David und Nick einladen. Tim winkte ab. Wann kapierte seine Mutter endlich, dass er mit den beiden nichts zu tun haben wollte?!

Als er eine blaue Plastikkiste mit aussortierten Kristallen unter das Bett schob, stieß er an das rote Kästchen von Opa James. Nach seiner anfänglichen Begeisterung für den tollen Effekt, den er in dem bronzenen Ding gesehen hatte, fand er es jetzt nicht mehr so spannend. Es war ein Kinderspiel, mit der heutigen Computertechnik solche Bilder herzustellen – 3D-Projektion. Selbst auf seinem Pettersonphone waren die Spiele inzwischen dreidimensional. Pah! Das Geheimnis der Kugel war bestimmt ein Internetspezialversand für elektronische Spielereien. Außerdem hatte sein Opa noch nicht mal daran gedacht, ihm zum Geburtstag zu gratulieren! Warum sollte er ihn dann überhaupt besuchen? Tim ließ sich aufs Bett fallen, verschränkte die Arme hinter dem Kopf und starrte an die kahle Holzdecke. Andererseits lag Southbay an der *Jurassic Coast* und das war *der* Ort in England, wo man mindestens genauso gut Fossilien finden konnte, wie in Billford. Wenn nicht sogar noch besser! Ganze Dinosaurierskelette hatten Wanderer schon bei Spaziergängen in den Kalkfelsen entdeckt.

Aber so ganz allein zu Opa James, der scheinbar immer seltsamer wurde? Seit zwei Jahren lebte Tims Großvater einsam und verlassen auf seinem Landgut und erfand irgendwelchen Blödsinn. Haartrockner und kalte Metallkugeln mit Guckloch und Lichteffekten. Je mehr Tim darüber nachdachte, umso mehr ärgerte er sich über seinen Opa. Wenn sich James Grant mehr für seinen Enkel interessiert hätte, hätte er auch gewusst, dass Tim gar keine Lust hatte, zu verreisen. Nie! Seit genau drei Jahren nicht mehr. Seit Betty Robber, die Südeuropa liebte, damals durchgesetzt hatte, dass die Familie nach Italien in den Urlaub fuhr. Auf der Rückfahrt hatte John

Robber mit ihrem altersschwachen kanariengelben VW-Bus kurz vor der österreichischen Grenze eine Autobahnraststätte angesteuert, die in Italien *Autogrill* hieß, und Tims Mutter hatte sich in die Schlange wartender Urlauberinnen vor dem Toilettenhäuschen eingereiht. Seine Schwester war neben ihm auf der Rückbank eingeschlafen und John Robber hatte die Zwangspause dankbar für ein kurzes Nickerchen genutzt. Tim hatte sich seufzend durch das Gepäck gewühlt, das auf der Rückbank zwischen den Kindern lag, um ebenfalls pinkeln zu gehen. Als Betty Robber zum VW-Bus zurückkam, wachte ihr Mann auf und startete sofort den Motor. Nichts konnte ihn mehr in diesen heißen Gefilden halten. Zudem nervte ihn das lästige Rechtsfahren. Betty Robber warf einen kurzen Blick durch den Berg an Reisegepäck nach hinten und entdeckte die schlafende Gwen. Ihren Sohn Timothy sah sie dabei nicht, vermutete aber, dass er zur anderen Autoseite hin schlief. Diese Vermutung war leider falsch. Tim befand sich zu dieser Zeit auf dem Rückweg von der Toilette zum Parkplatz. Als er dort ankam, war der kanariengelbe Bus weg. Erst nach mehr als einer Stunde merkten die restlichen Robbers, dass Tim fehlte. John Robber trat sofort in die Bremsen und wendete mit quietschenden Reifen an der nächsten Ausfahrt.

Es dauerte weitere zwei Stunden, bis die Robbers wieder am richtigen Autogrill eintrafen. Der klapprige VW-Bus fuhr ruckelnd an den vielen Fahrzeugen und Leuten vorbei, die auf dem Parkplatz herumstanden. Die Robbers hatten noch nie so viele Carabinieri-Autos gesehen. Italienische Polizei. *Polizia*. Voller Panik lenkte John Robber den Bus direkt zwischen die Polizisten und kam mit quietschenden Bremsen zum Stehen. Eine fuchtelnde Menschentraube stand um Tim herum, der verängstigt vor sich hinstarrte. Erleichtert stürzten John und Betty aus dem Bus und rissen ihren Sohn an sich. Nur dank der hervorragenden Sprachkenntnisse seiner Frau konnte John Robber den alten VW-Bus bald wieder in Richtung Autobahn manövrieren. Für Tim stand danach fest: Er würde nie wieder irgendwohin verreisen. Niemals! Basta!

Die Familienkonferenz war für Betty Robber ein heiliger Termin. Einmal in der Woche saßen die vier Familienmitglieder zusammen und besprachen ihre Pläne, Sorgen und Nöte. Gewöhnlich fanden diese Konferenzen am Samstagnachmittag statt. In der ersten Sommerferienwoche jedoch wollte Tims Mutter die Versammlung schon auf Donnerstagabend vorziehen. Und wenn Betty Robber von ihren Ritualen abwich, musste es dafür einen sehr wichtigen Grund geben. Nach dem Essen verkündete sie das einzige Thema des Abends: Urlaub!

»John, ich hab dir ja bereits erzählt, dass Tim von meinem Vater nach Southbay eingeladen worden ist.«

»Ja«, John Robber nickte seinem Sohn zu, »warum nicht? Es gibt keinen Grund, warum ein zwölfjähriger Junge sich nicht vier Stunden lang alleine in einen Zug setzen kann. Ist doch bestimmt interessant bei Opa James.«

Tim hatte den Eindruck, dass bereits über Dinge entschieden worden war, von denen er noch nichts wusste. »Ich fahre nirgendwohin«, sagte er bestimmt.

»Siehst du John, er ist so stur.« Betty Robber sah verzweifelt zu ihrem Mann herüber.

»Naja, schließlich hatte er da ein traumatisches Erlebnis.«

»Ja, unser Timmy hat immer noch Angst, dass er irgendwo stehen gelassen wird.« Gwen fand mit sicherem Gespür genau den richtigen Ton, um ihren Bruder zum Platzen zu bringen.

»Hat dich jemand irgendwas gefragt, Oberziege?!«

»Tim! Ich verbitte mir solche Worte!«

»Betty, du darfst ihm das nicht verübeln. Du hast ihn schließlich damals auf dem Rastplatz vergessen!« John

Robber hatte wieder zu seiner alten Gemütsruhe zurückgefunden.

»Das ist ja ungeheuerlich! *Du* hast ihn ebenfalls vergessen. Muss ich mich immer um alles kümmern?«

»Ich musste mich auf den Rechtsverkehr konzentrieren.«

Tim stöhnte, er wollte nicht, dass seine Eltern sich seinetwegen stritten.

»Können wir jetzt mal über *meinen* Urlaub reden?«, fuhr Gwen zum Glück dazwischen. »Ich brauche für Italien dringend noch einen neuen Bikini.«

»Den kaufen wir schon noch«, entgegnete Betty Robber gereizt. Irgendwie entwickelte sich diese Konferenz nicht so, wie sie sich das vorgestellt hatte.

Tims Vater steckte sich schnell die letzte Scheibe Salami in den Mund. »Wieso willst du denn unbedingt, dass Tim zu deinem Vater fährt, Betty? Er kann doch ruhig hier bei uns bleiben.«

Betty Robbers Gesicht bekam auf einmal einen sehnsüchtigen Ausdruck. »John, ich dachte mir, wenn Tim bei meinem Vater ist und Gwen auf der Jugendfreizeit in Italien, dann könnten wir beide endlich mal wieder nach Südfrankreich fliegen.«

Die Robberkinder spürten die Anspannung, die sich in

der folgenden Gesprächspause breitmachte. John Robber, der im Urlaub am liebsten in seinem Minigarten die Rosensträucher pflegte, rückte sich auf seinem Stuhl zurecht. Seine Frau sah ihn erwartungsvoll an.

»Betty. Also ...«

»Also, was!?« Mams Frage war ein Befehl.

»Also, gut.« John lächelte etwas gequält. Aber als Betty Robber ihm um den Hals fiel, musste er doch lachen. Mussten seine Rosensträucher eben mal zwei Wochen ohne ihn auskommen. Dann fiel sein Blick auf seinen Sohn, der ihn wie versteinert anstarrte. »Allerdings muss Tim damit einverstanden sein, zu James zu fahren«, schränkte er seine Zustimmung ein.

Drei erwartungsvolle Robbergesichter blickten jetzt auf Tim, eines davon mit hämischem Grinsen. Tim schluckte. Na toll! Jetzt hing alles an ihm. Wenn er Nein sagte, hätte er seiner Mutter den langersehnten Urlaub verdorben. Ob er nicht doch die Zugfahrt nach Southbay überstehen konnte? Was sollte schon passieren? Und schließlich wartete die Jurassic Coast darauf, von ihm entdeckt zu werden ... Er gab sich einen Ruck. »Ok, dann fahre ich eben zu Opa James«, murmelte er.

Betty Robber strahlte in die Runde und beendete zufrieden die Familienkonferenz.

An diesem Abend zog Timothy Robber das rot lackierte Kästchen unter seinem Bett hervor und versuchte noch einmal die Kugel zu aktivieren. Vielleicht barg das seltsame Ding ja doch ein Geheimnis?

Der Bahnhof von Billford war klein. Es gab nur einen einzigen Bahnsteig und das Bahnhofsgebäude hatte auch schon bessere Tage gesehen, der gelbe Putz blätterte an vielen Stellen ab. Seit die Fahrkartenautomaten eingeführt worden waren, blieben die Schalter im Gebäude geschlossen. Nur wenige Fahrgäste hielten sich in der Wartehalle auf. Familie Robber stand am Bahnsteig und wartete auf den Zug. Auch John Robber war mitgekommen, um seinen Sohn in die Ferien zu verabschieden. Gwen, die erst in ein paar Tagen mit ihrem Freund auf die Ferienfreizeit nach Italien fahren würde, lehnte an einer Säule und zappte durch ihr Handy.

Tims Mutter sah abwechselnd auf die große Bahnhofsuhr, ihre Armbanduhr und ihren Sohn. »Hast du auch genug Unterhosen eingepackt?«

»Ja Mam.«

»Zahnbürste?«

»Ja Mam.«

»Ein zweites Paar Schuhe?«

»Ja Mam.« Tim Rucksack war bis zum Rand vollgestopft.

Sein Vater klopfte ihm auf die Schulter. »Deine Fahrkarte und die Platzreservierung sind auf deinem Handy gespeichert. Du zeigst dem Zugbegleiter den Code und er scannt ihn ab.«

Tim tastete in der Hosentasche nach seinem neuen Pettersonphone. Pap hatte ihm noch den Tipp gegeben, eine Zugverfolgungs-App zu laden. Damit konnte er genau sehen, wo sich der Zug befand und wie lange die Fahrt noch dauern würde. Tim war für seine Reise an die Küste bestens gerüstet. Die rote Kiste mit der bronzenen Kugel hatte er in einer ledernen Umhängetasche verstaut, die quer über seinem Oberkörper hing. Eine krächzende Stimme aus dem Lautsprecher kündigte die Einfahrt des Fernzugs an. Betty Robber nahm ihren Sohn fest in ihre Arme und konnte nur mit Mühe die Tränen zurückhalten. »Pass gut auf dich auf, mein Schatz!«

»Ruf uns an, wenn du angekommen bist!« John Robber klopfte ihm auf die Schulter. »Viel Spaß, mein Großer! Wir holen dich dann am letzten Ferientag ab!«

Tim beeilte sich in den Wagen zu steigen. Er ahnte noch nicht, dass er gerade die längste Reise seines Lebens angetreten hatte.

Der Zug war voller Menschen. Tim quetschte sich zwischen abgestellten Gepäckstücken durch die Gänge, um zu seinem Großraumabteil zu kommen. Er war froh, als er seinen reservierten Fensterplatz gefunden hatte und ließ sich in das abgewetzte rote Lederpolster fallen. Verstohlen musterte er die drei anderen Fahrgäste, die mit ihm an dem schmalen Tisch saßen. Ihm gegenüber saß ein altes Ehepaar. Beide schliefen tief und fest. Tim beobachtete sie fasziniert. Jedes Mal, wenn die alte Frau einatmete, zogen sich ihre Nasenflügel fest zusammen, als würden sie zusammenkleben, um sich danach beim Ausatmen wieder mit viel Getöse aufzublasen. Ihr Mann dagegen schlief wie leblos. Neben Tim saß eine junge rothaarige Frau, die vielleicht fünf Jahre älter als Gwen war. Sie starrte wie gebannt in ein dünnes Romanheft und beachtete ihn nicht weiter. Tim wandte den Blick aus dem Fenster. Eine sonnige grüne Hügellandschaft flog an ihm vorbei. Der Wetterbericht hatte für die nächsten Tage ein stabiles Hoch vorhergesagt. Das war sehr ungewöhnlich für England. Schon oft hatte Tim seine Ferien im Dauerregen verbracht.

Der Zug war um acht Uhr losgefahren und um Punkt zwölf würde Tim in Southbay eintreffen. Sein Pettersonphone zeigte die genauen Zeiten und Orte an, an denen sich der Zug befand. Ungefähr auf der Hälfte der Strecke musste er umsteigen und war ziemlich erleichtert, als er danach im richtigen Anschlusszug saß. Im Gegensatz zum vorigen war dieser fast menschenleer und Tim hatte eine ganze Sitzreihe für sich alleine. Er räkelte und streckte sich ausgiebig. Mit einem lauten Gähnen legte er sich längs auf die Sitzreihe, den Kopf auf seinem Rucksack, die Füße ragten über die Sitzbank in den Gang. Tim nahm seine Umhängetasche ab und legte sie sich auf den Bauch. Der Schnellzug nach Southbay erreichte jetzt seine Höchstgeschwindigkeit, sanft schaukelte der Wagon hin und her und verlor langsam die Verbindung zu den Schienen. Was meinte sein verschrobener Großvater bloß mit dem Geheimnis der Kugel?

Die Türglocke machte einen Höllenlärm. Tim riss die Haustür auf und erstarrte. Vor ihm stand Mister Jones! Und nicht nur er – Tims ganze Klasse hatte sich vor der Haustür versammelt um ihn abzuholen. Tim hätte gestern wichtige Erkenntnisse der Physik verpasst und er, Mister Jones, fühlte sich verpflichtet, ihm die Möglichkeit zu geben, dies nachzuholen. Tim versuchte ihn abzuwimmeln, aber Mister Jones war unnachgiebig, denn für die

Gesetze der Physik wäre eine Achterbahn ein hervorragendes Anschauungsobjekt. Die Fliehkraft in den Kurven und den Loopings! Die Schwerelosigkeit! Das mussten seine Schüler erleben! Das konnte er nicht im Unterricht vermitteln. Physik war Leben! Der Todeslooping auf dem Billforder Rummelplatz war große Physik. Und keiner durfte vor dem Experiment davonlaufen. Mister Jones akzeptierte keine Ausreden.

Tims Klasse lief im Gänsemarsch über den menschenleeren Rummelplatz in Richtung Todeslooping, der Lehrer marschierte stolz vorneweg. David und Nick hatten sich links und rechts bei Tim eingehakt. Befürchteten sie, dass er wieder davonlaufen würde? Das Kassenhaus der Achterbahn war schon zu sehen. Mister Jones ging energisch auf die schrille Kartenverkäuferin zu, während die Klasse einen Halbkreis bildete und jemand Tim in die Mitte schubste. Langsam drehte Mister Jones sich um und hielt einen riesigen roten Fahrchip in die Höhe. Damit ging er auf Tim zu und drückte ihm das Ding in die Hand. David und Nick zerrten ihn zum Einstieg, wo sie der kahle Typ mit der Lederweste und der brennenden Zigarette im Mund empfing. Tim gab seinen tellergroßen Chip ab und stieg in den Schlitten. Sofort drückte der Mann den Sicherheitsbügel fest auf Tims Oberschenkel herunter. Was war mit den anderen? Wieso stieg außer ihm niemand ein? Tim sah sich panisch um, seine Mitschüler standen vor dem Todeslooping und winkten ihm grinsend nach, während der Wagen langsam losruckelte. Schon wurde er zum obersten Punkt des Schienenstrangs gezogen. Es war immer noch vollkommen still auf dem Rummelplatz. Kein Vogelgezwitscher, nicht einmal das Rauschen des Windes war zu hören. Nichts! Zögernd sah Tim nach unten in die Tiefe. Seine Klasse stand nach wie vor im Halbkreis vor dem Kassenhäuschen. David und Nick hatten ihre Arme auf Mias und Evas Schultern gelegt. Tim fühlte Zorn in sich hochsteigen. In der Mitte des Halbkreises stand die schrille Alte aus dem Kartenhaus mit einem Tablet in der Hand. Steuerte die Wahnsinnige damit etwa den Todeslooping?! Sie wischte mit ihrer Hand über das Display und schon schoss das gesamte Gleisgestänge der Achterbahn noch höher in den Himmel! Tims Hände krampften sich um das kalte Gummi des Schutzbügels. Der Schlitten rollte jetzt langsam auf die Stelle zu, an der der senkrechte Fall in die Loopingkurve startete. Aber was war das? Der Schienenstrang endete hier! Wollten die ihn umbringen? Plötzlich glitt der Sicherheitsbügel nach oben! Tim griff mit seinen Händen nach hinten und klammerte sich an die Kopfstütze. Gleich würde er aus dem Schlitten herausgeschleudert! Langsam kippte die Schnauze des Schlittens nach vorne und raste in den Abgrund. Aaaaaah!

Tims Magen verkrampfte sich. Ruckartig schlug er die Augen auf. Er lag mit dem Kopf auf seinem Rucksack, den er mit beiden Händen festhielt. Alles nur ein Traum! Erleichterung machte sich in ihm breit. Er hatte geschlafen. War er schon in Southbay? Erst als Tim das Handy aus der Tasche zog und sich wieder hinsetzen wollte, sah er ihn. Den Fremden. Den Buckligen mit der braunen Schiebermütze. Er stand vor ihm und betrachtete ihn mit verschlagenem Blick. Der lange schwarze Ledermantel, den der Mann trug, verbarg auf den ersten Blick, dass er sich schwer auf einen Gehstock stützte. Jetzt erst bemerkte Tim, dass der Bucklige seine Umhängetasche in der freien Hand hielt. Die Tasche mit Opa James' Kugel! Tims Herz pochte wie wild. Was wollte der Mann mit seiner Tasche?!

»Geben Sie mir meine Tasche wieder!« Tims Stimme war kaum mehr als ein Krächzen.

Der Bucklige verzog die Lippen zu einem schiefen Grinsen und entblößte dabei zwei gelbe Stummelzähne. Er drehte sich mit einem Ruck um und humpelte davon.

Fassungslos starrte Tim ihm hinterher. Was sollte er machen? Dann sprang er mit seinem Rucksack in der Hand auf und sah sich hektisch um. Kein Mensch war in dem Abteil. Mist! Wenn man Erwachsene mal brauchte, waren sie nicht da. Kurzentschlossen raste Tim dem Buckligen hinterher, quetschte sich an ihm vorbei und entriss ihm dabei die Umhängetasche. Damit hatte der Fremde offenbar nicht gerechnet. Er blieb überrascht stehen und blickte verdutzt auf seine leere Hand. Tim hastete weiter und nestelte im Laufen sein Handy aus der Hose. Die Zugverfolgungs-App zeigte eine restliche Fahrzeit von fünf Minuten bis Southbay an. Tim warf einen Blick zurück. Der Bucklige hielt seinen Stock hoch und fuchtelte wild damit herum, als wollte er Tim sagen, dass er ihn schon noch zu fassen bekäme. Tim stürzte weiter, durch die Wagontür und den nächsten leeren Gang entlang. Immer noch kam ihm niemand entgegen. War das hier ein Geisterzug? Erst zwei Wagen weiter blieb Tim außer Atem stehen und horchte. Da! Das regelmäßige Klopfen, das war der Gehstock des Buckligen! Tim schulterte seinen Rucksack und zog die Tasche enger an sich. Weiter, vorbei an den gläsernen Türen der Einzelabteile. Noch drei Minuten bis Southbay! Endlich tauchte vor ihm ein Zugbegleiter auf, der in den Abteilen die Fahrscheine kontrollierte. Sollte er ihm sagen, dass er von dem Mann zuerst bestohlen und dann verfolgt wurde? Der andere würde natürlich alles abstreiten. Außerdem hatte er seine Tasche wieder. Tim sah sich um. Der Bucklige befand sich jetzt nur noch wenige Meter hinter ihm in dem schmalen Gang. Hektisch versuchte Tim, sich seitlich an dem Zugbegleiter vorbeizuquetschen. Mit vollem Rucksack und umgehängter Tasche war aber sogar der kleine Tim Robber dafür zu breit. Der Zugbegleiter lächelte und stellte sich in eine geöffnete Abteiltür, damit Tim vorbeigehen konnte. »Na junger Mann, hast du gut geschlafen?«

Tim nickte und spähte zu dem buckligen Mann, der bereits bis auf wenige Meter herangekommen war. Der Zugbegleiter bemerkte seinen ängstlichen Blick und baute sich vor dem Mann mit dem Gehstock auf. Erleichtert beobachtete Tim, dass er seinen Fahrschein verlangte, woraufhin der Bucklige umständlich in den tiefen Taschen seines Ledermantels herumkramte.

Tim hastete weiter. Noch eine Minute bis Southbay. Gleich kam der rettende Bahnhof! Hoffentlich hatte der Zug keine Verspätung! Plötzlich schallte eine Ansage durch die endlos langen Wagen, der Zug würde in Kürze Southbay erreichen - Endstation. Die Fahrgäste wurden

gebeten, in Fahrtrichtung rechts auszusteigen. Tim stolperte in den Vorraum hinter dem Triebwagen. Direkt vor ihm befand sich die Lok – hier ging es nicht mehr weiter. Der Zug begann zu bremsen. Vor dem Fenster zog eine lange Häuserreihe vorbei. War da nicht ein Klopfgeräusch, das immer lauter wurde? In immer kürzeren Abständen war das dumpfe Schlagen zu hören. Rannte der Bucklige jetzt? Tim versuchte zu schlucken, aber er konnte nicht. Keine Spucke mehr. Der Zug bremste nun quietschend mit voller Wucht ab. Tim hielt sich an einem seitlichen Bügel fest, um nicht hinzufallen. Der Zug stoppte und eine knatternde Durchsage auf dem Bahnsteig hieß die Fahrgäste in Southbay willkommen. Panisch drückte Tim auf den Knopf, der die Wagentür öffnen sollte. Aber die Tür blieb geschlossen. Verzweifelt hämmerte er dagegen. Wieso ging die verdammte Tür nicht auf?! Er musste hier raus! Sofort! Gleich würde der Bucklige da sein! Das Klopfen war nicht mehr zu hören. Plötzlich spürte er, wie sich etwas Hartes auf seine Schulter legte. Er sah, wie sich die Spitze eines Gehstockes langsam an seinem Kopf vorbeischob! Der Bucklige! Was nun? Er saß in der Falle! Tim hatte Angst, sich umzudrehen, er zitterte am ganzen Körper. Da sprang die Tür mit einem Zischen auf und Tim sah in das freudestrahlende Gesicht seines Großvaters.

Die Schänke des Piratenkapitäns

Tims Kopf glühte, als er in der Mittagssonne schwankend auf den Bahnsteig trat. Das war knapp! Er drehte sich um, aber der bucklige Mann war verschwunden. Vor ihm stand ein kleingewachsener Mann mit grauen Stoppelhaaren und silberner Nickelbrille, der seinen Enkel verschmitzt anlächelte. »Hallo Tim! Lass dich ansehen. Groß bist du geworden! Wie war die Reise?«

Tim zitterte immer noch und sah sich ängstlich um. »Opa James, ein Mann hat mich im Zug verfolgt!«

»Verfolgt? Wieso?«

»Er war hinter der Tasche mit der Kugel her! Als ich geschlafen habe, hat er sie mir geklaut.«

»Die Kugel, die ich dir geschickt habe?« Tims Opa machte ein bestürztes Gesicht und sah zum Zug herüber.

»Genau! Die bronzene Kugel, in der man das Weltall sehen kann!«

»Und was hast du gemacht?«

»Ich habe sie ihm aus der Hand gerissen und bin dann durch den gesamten Zug gerannt!« Tim musste tief Luft holen. »Und gerade, als wir in den Bahnhof einfuhren, hatte er mich fast geschnappt! Er hat mir seinen Gehstock auf die Schulter gelegt und ich konnte nicht weg!«

Tims Großvater griff mit der Hand an sein Kinn, das von einem grauen Dreitagebart überzogen war und grübelte. »Hinter dir ist aber niemand ausgestiegen. Wie sah der Kerl denn aus?«

Langsam beruhigte sich Tims Herzschlag wieder. »Er sah unheimlich aus.« Tim schüttelte sich. »Vielleicht einen Kopf größer als ich, langer schwarzer Ledermantel und braune Schiebermütze. Er hat schlechte Zähne und benutzt einen Gehstock.«

Opa James war bei der Beschreibung ganz blass geworden. »Warte hier auf mich. Ich versuche, den Kerl zu finden. Er muss ja noch im Zug sein, wenn er bis jetzt nicht herausgekommen ist.« Behände stieg er die Trittеisen zum Wagon hoch und verschwand im Zuginneren.

Tim presste die Tasche mit der Kugel fest an sich und beobachtete die Fahrgäste, die aus dem Zug stiegen und in Richtung Ausgang liefen. Der Bahnhof von Southbay war zwar nicht viel größer als der Billforder, aber das Bahnhofsgebäude war scheinbar frisch renoviert. Auf dem hellen Grau der Wände prangte kein einziges Graffiti. Scharen von Möwen sausten kreischend über die Gleise. Das Meer schien nicht weit weg zu sein, Tim konnte die salzige Luft riechen.

Nach einer Weile stand Tims Großvater wieder in der Zugtür. »Weg. Hat sich anscheinend in Luft aufgelöst. Ich habe den Zugbegleiter gefragt, der hat den Mann auch nicht mehr gesehen. Spurlos verschwunden. Seltsam.«

Opa James und Tim verließen den Bahnsteig und gingen durch das Bahnhofsgebäude. Als sie auf den Vorplatz traten, blieb Tim mit offenem Mund stehen. Ein Polizist unterhielt sich mit einem grünen Papagei und fuchtelte dabei mit den Armen, als würde er mit dem Tier eine angeregte Diskussion führen. Der Vogel saß auf einer Stange, die aus dem wannenförmigen Beiwagen ragte, der an einem uralten Motorrad befestigt war. Jetzt flatterte das Tier mit seinen grünen Schwingen und krächzte laut und vernehmlich: »Halt die Klappe!«

Als der Polizist James kommen sah, trat er ihm sofort entgegen. »Mister Grant. Das ist jetzt schon das fünfte

Mal, dass Sie im Stadtgebiet von Southbay Ihre Museumskiste im absoluten Halteverbot abstellen.«

»Diese *Museumskiste* fährt noch tadellos, hat eine Zulassung und es gibt keinen Grund, nicht mehr damit zu fahren«, sagte Opa James gelassen.

Der Polizist stöhnte. »Das bestreitet ja auch niemand. Sie müssen sich nur an die Verkehrsregeln halten. Das ist die letzte Verwarnung. Das nächste Mal lasse ich Ihr Fahrzeug abschleppen!«

»Jawoll. Abschleppen!«

Der Polizist sah den Vogel böse an. »Und bringen Sie Ihrem Haustier bei, wie es sich gegenüber Amtsträgern zu verhalten hat!«

»Halt die Klappe!« Als würde der Vogel den Polizisten tatsächlich verstehen! Tim konnte sich ein Grinsen nicht verkneifen. Der Polizist überreichte seinem Großvater einen rosa Zettel und ging grußlos davon.

James warf das Papier achtlos in die Wanne und stellte sich vor das schwarze Fahrzeug mit dem Papagei. »Tim, darf ich vorstellen. Das ist Coco. Coco, das ist Tim!« Überraschenderweise sprach der Vogel jetzt nicht mehr. »Wenn er neue Leute kennenlernt, ist er sehr schüchtern, das legt sich aber mit der Zeit. Hast du ja bei dem Polizisten gesehen. Den treffen wir immer wieder.«

»Was ist das für ein Vogel, woher hast du ihn?«

»Das ist ein Papagei aus der Familie der Gelbstirnamazonen. Als ich vor zwei Jahren den alten Gutshof gekauft habe, flog er völlig ausgehungert darin herum.«

Coco unterstrich diese Aussage mit einem »Klappe halten!«

»Tim, willst du auf dem Motorrad hinter mir sitzen oder mit Coco im Boot?«, fragte Opa James.

Da Tim dem Papageien nicht ganz über den Weg traute, stieg er auf den schwarzen Tellersitz hinter seinen Opa. Zuvor verstaute er Rucksack und Umhängetasche in dem von James als *Boot* bezeichneten Beiwagen. Der Boden des Beiwagens war mit unzähligen rosafarbenen Zetteln übersät.

James benötigte fünf harte Fußtritte auf den Anlasserhebel, bis das Motorrad anfing zu knattern. Eine stinkende Rauchwolke ließ eine Fußgängerin, die an dem Motorrad vorbeilief, in dichtem Nebel verschwinden. Die alte Frau fing an zu husten. Coco verdrängte den Rauch mit ein paar schnellen Flatterbewegungen. Tims Großvater drehte mehrere Male am Griffknauf, um Gas zu geben. »Russisches Fabrikat«, rief er seinem Enkel zu.

Der Frau war diese Information gleichgültig. »Sie sollten sich schämen, in Ihrem Alter mit so einem Ding herumzufahren. Und das noch mit einem Kind! Und mit einem Vogel! Unverantwortlich!«

Opa James reichte Tim einen Helm, den er aus dem Boot holte. Dann ließ er die Kupplung kommen und das Motorradgespann zockelte los in Richtung Hafenviertel, nicht ohne noch mal eine letzte dicke Rauchwolke auf den Bürgersteig zu spucken.

Southbay war ein bekannter Seehafen an der englischen Südküste. Früher hatten in dem weitläufigen Hafen vollbeladene Handelsschiffe vor Anker gelegen, in diesen Tagen waren es Ausflugsboote und Privatjachten. Sogar Kreuzfahrtschiffe legten hier an, um die Urlauber für Wanderungen an der berühmten Steilküste von Southbay an Land zu bringen. Opa James fuhr die breite Hafenstraße entlang. Der Sporthafen lag innerhalb einer sichelförmigen Bucht, wo prachtvolle Jachten sanft auf dem Wasser schaukelten. Einige Bootsbesitzer beluden ihre schwimmenden Luxushäuser mit Kisten und Koffern. James Grants russisches Gespann-Motorrad, das er liebevoll *Olga* nannte, erregte während der ganzen Fahrt die Aufmerksamkeit der Passanten. Entweder schüttelten sie fassungslos die Köpfe oder sie starrten ihnen bewundernd hinterher. Opa James fuhr aus dem Hafengelände

heraus und bog in die Küstensteilstraße ein, die sich direkt an die Bucht anschloss. Coco krallte sich auf seiner Stange im Beiwagen fest und beäugte mit eingezogenem Kopf, wie James sich in die engen Kurven legte. Bald hatte Tim Vertrauen zu seinem Großvater und dessen rasantem Fahrstil gefasst und genoss die Tour entlang der Küste. Oben auf dem Küstenplateau angekommen, konnte Tim die gesamte Bucht von Southbay überblicken. Die vielen Boote sahen wie weiße Tupfen auf einem blauen Teppich aus.

Vor ihnen erstreckte sich eine sanfte grüne Hügellandschaft, die sie über eine schmale Straße durchquerten, bis James in einen holperigen Kiesweg abbog und die Olga zurück zur Steilküste lenkte. Am Ende tauchte einsam ein Gutshof auf. Opa James parkte direkt vor der Haustür und Olga verabschiedete sich von den dreien mit kräftigen Fehlzündungen, die Tim an das Geballer der Haustürglocke an seinem Geburtstag erinnerten.

»Willkommen im *Walross*, Tim!« Opa James breitete einladend die Arme aus und Coco flog auf seine Schulter.

»Wieso Walross, Opa?« Tim musterte das bauernhausähnliche Gebäude. Höchstens der gedrungene, kompakte Bau erinnerte entfernt an das Meerestier. Und auch dazu brauchte man viel Fantasie.

»Der Gutshof war früher eine Seemannsschänke, sie gehörte einem Piratenkapitän, der sie wahrscheinlich so genannt hat.«

Kein Nachbarhaus war weit und breit zu sehen. Neben dem Wohnhaus befand sich ein alter Schuppen, der von zwei großen Kastanienbäumen links und rechts eingerahmt wurde. Oberhalb der Haustür vom Walross ragte ein Eisenrohr mit Ringen aus der Wand. Die Holztür war deutlich niedriger als bei den Robbers in der Welton Road. Tim erinnerte sich an eine Geschichtsstunde, in der Miss Dunbar erklärt hatte, dass die Menschen früher viel kleiner gewesen waren als heute. Das Walross musste also schon ziemlich alt sein.

Opa James wollte Tim zuerst sein Zimmer im ersten Stock zeigen. »Es ist etwas eng da oben«, erklärte er, während sie die schmale Holztreppe hinaufgingen. »Aber mach dir nichts draus, du wirst sowieso nicht viel Zeit in deinem Zimmer verbringen.«

James hatte nicht übertrieben. So einen kleinen Schlafraum hatte Tim tatsächlich noch nie gesehen! Wenn er die Arme ausbreitete, konnte er fast die gegenüberliegenden Wände berühren. Tim setzte sich auf das schmale Bett. Vermutlich noch mit Stroh gefüllt, dachte er missmutig und fuhr mit der Hand über die knisternde Matratze. Dann stand er auf und lugte durch das kleine Fenster, das sich nur mühsam öffnen ließ. Das Meer lag kaum hundert Meter vom Walross entfernt. Tim hörte die Wellen an die felsige Küste schlagen. Er streckte den Kopf noch weiter durch die schmale Öffnung und atmete tief die kühle Meeresluft ein. Hunderte von Möwen und Fregattvögeln schwärmten über der Küstenkante. In der Ferne war ein Leuchtturm zu sehen, der sich wie ein kleines rotes Streichholz am Horizont erhob. Der Anblick versöhnte ihn wieder mit dem kleinen Zimmer. Was für Fossilien und Mineralien er wohl hier an der Küste finden würde? Die berüchtigte Jurassic Coast wartete auf ihn! Opa James hatte recht, er würde wohl die meiste Zeit draußen auf Fossiliensuche verbringen.

Als er wenig später zu Opa James in die Küche hinunterging, durchströmte ihn mit einem Mal ein elektrisierendes Glücksgefühl und er war froh, die Reise gemacht zu haben. Und was würde ihm sein Großvater wohl zum Geheimnis der Kugel erzählen? Seit sie der bucklige Mann im Zug hatte stehlen wollen, interessierte Tim das natürlich umso mehr.

Das unterirdische Labor

James Grant lebte seit zwei Jahren alleine. Kurz nachdem er mit seiner Frau Margret aus der Schweiz wieder in seine alte Heimat gezogen war, wurde sie schwer krank und starb bald darauf. Tims Opa hatte bis dahin noch nie einen Haushalt geführt, darum hatte sich Oma Margret gekümmert. Solche seiner Ansicht nach unwichtigen Dinge wie Einkaufen, Kochen, Putzen und Wäsche waschen hatten James Grant nicht interessiert. Er lebte nur für die Physik und seine Erfindungen. Als er dann plötzlich von einem Tag auf den anderen alleine auf dem abgelegenen Hof zurechtkommen musste, hatte seine Tochter Betty kurzerhand einen mobilen Mittagstisch organisiert, der jeden Tag eine warme Mahlzeit ins Walross brachte. Zudem kam einmal in der Woche Miss Taylor, machte die Wäsche von Opa James und putzte durchs Haus. Betty Robbers Vorschlag, James solle doch zu ihnen nach Billford ziehen, hatte er auf seine Art beantwortet, indem er das Telefonat sofort beendet und einen Monat lang nicht mehr mit seiner Tochter gesprochen hatte.

Opa James' riesige Küche wirkte auf den ersten Blick eher wie ein Versuchslabor. Sie war vollgestopft mit seltsamen Geräten, geformt wie Laborapparate. Nirgendwo gab es einen freien Platz, um Gemüse zu schneiden oder einen Topf abzustellen. Tim musste an Mister Jones denken und die Aufbauten, die der Lehrer mit seinem Wagen in den Physiksaal schob. »Ich hab so einen Hunger, Opa! Gibt es etwas zu essen?« Tims Magen knurrte unüberhörbar.

»Moment. Setz dich nebenan an den Esstisch, Tim. Du kannst Coco schon mal Gesellschaft leisten. Heute wird selbst gekocht, dem Lieferservice habe ich abgesagt!« Schwungvoll öffnete James die Tür an einem Gerät, dessen Bullauge eine Waschmaschine vermuten ließ. Zum Vorschein kam aber nicht gewaschene Wäsche, sondern eine dampfende Schüssel. Dann wischte er mit dem Finger über einen Bildschirm und die Klappe eines Großküchengrills sprang mit einem lauten Knall auf. Als erstes entwich eine schwarze Qualmwolke. Danach wurde wie von Geisterhand ein Blech mit einer Pfanne herausgeschoben. James trug eine Schürze mit einem großen Schwarz-Weiß-Foto darauf. Es zeigte einen älteren Mann mit wirren grauen Haaren, der die Zunge frech herausstreckte. Darunter stand $E=mc^2$. Tim grinste, die Albert-Einstein-Schürze war ein Weihnachtsgeschenk von Betty Robber, er hatte es selber mit ausgesucht.

Unterdessen versuchte sein Großvater den Inhalt der Töpfe und Pfannen auf zwei Tellern anzurichten. »Weißt du, Tim, ich habe ewig nicht mehr in der Küche gearbeitet. Ich muss mich erst wieder orientieren.« Er kam zu seinem Enkel an den großen Esstisch herüber und stellte die Töpfe und Pfannen ab. Plötzlich hörten die beiden einen Donnerschlag, dem eine dunkle Rauchwolke aus der Küche folgte. Coco, der auf seiner Stange saß, krächzte: »Attacke!« Opa James wedelte mit einem Topflappen in der Luft herum, um den leichten Brandgeruch zu vertreiben und sah erschöpft zur Küche. »Mist. Vor zwei Jahren hat der Backofen noch tadellos funktioniert. Da kommt eine Menge Arbeit auf mich zu!«

»Hast du die Küchengeräte alle selber erfunden?«

»Na klar.«

Tim musste an Gwens Turbofön denken und grinste.

Mit Haushaltsgeräten stand Opa James scheinbar auf Kriegsfuß. Mit dem Kochen leider auch. Betty Robber hatte ihren Vater zwar angerufen und ihm das Rezept für Tims Lieblingsgericht durchgegeben, Backfisch mit Spaghetti und Tomatensoße, Tim konnte auf seinem Teller allerdings nur eine undefinierbare rote Brühe erkennen.

James erzählte, dass sie hier im ehemaligen Schankraum des alten Gutshofes saßen. An der Wand hingen Gemälde von großen Segelschiffen, die durch die raue See pflügten. Auf einem einfachen Holzregal stand ein Schiffsmodell. In goldener Schrift war auf dem Haltegestell der Name *Gloria* eingraviert. Daneben hing ein Bilderrahmen mit einer alten Landkarte. Tim stand auf und stellte sich davor, um die Karte besser sehen zu können.

»Eine alte Schatzkarte«, nuschelte Opa James, der kaum zu verstehen war, da er den Mund voller Backfisch-Spaghetti-Mischung hatte. Er verdrückte schon seine dritte Portion – vermutlich war das Mittagessen vom Lieferservice noch schlimmer. »Die Karte und die Bilder habe ich in einer Truhe auf dem Dachboden gefunden. Ich dachte, das ist doch ein passender Wandschmuck für eine alte Seemannsschänke.«

Die Karte zeigte eine Insel mit mehreren Buchten und

zerklüfteten Strandabschnitten. Die Form des Eilands erinnerte an einen Totenkopf. Kleine Dreiecke markierten die Gipfel der Berge und Hügel.

Tim drehte sich zu seinem Großvater um. »Wo liegt diese Insel?«

»Keine Ahnung, die Karte ist leider nur eine schlechte Kopie des Originals. Die Koordinaten der Insel sind nicht eingetragen. Sicherlich mit Absicht. Wer teilt schon gerne einen Schatz?«

Tim sah sich die Karte genauer an. An mehreren Stellen waren Kreuze mit unleserlichen Hinweisen eingezeichnet. Er versuchte, die krakelige Notiz über der Zeichnung zu entziffern. »Elisabeth I., ausgelaufen am ... 3. August 1690«, las er vor. Eine Schatzinsel! Tim sah sich in Gedanken schon als Schatzsucher auf der Insel herumstreifen.

Opa James riss ihn aus seinen Träumen. »Die Karte ist über dreihundert Jahre alt. Aber wer weiß, vielleicht liegt der Goldschatz dort immer noch vergraben?«

»Gold! Gold! Gold!« Bei seiner Begeisterung für das Edelmetall war Coco bestimmt früher einmal Schiffspapagei auf einem Piratenschiff gewesen. Wie viel Gold mochte Coco bereits in seinem langen Vogelleben gesehen haben? Vorsichtig streichelte Tim über das grüne

Gefieder des Papageis. »Opa, du wolltest mir das Geheimnis der bronzenen Kugel verraten, die du mir letzte Woche geschickt hast.«

Opa James sah erstaunt auf. Tim hatte den Eindruck, dass sein Großvater etwas vergesslich war.

»Ach ja, richtig! Komm mal mit.«

Draußen vor dem Walross strahlte die Nachmittagssonne über das weite, hügelige Küstenplateau. Dahinter glitzerte das endlose Meer. Was für ein herrlicher Ausblick! Zu Hause in der Welton Road sah er auf gleichförmige rote Backsteinhäuser, dicht an dicht, wenn er aus der Haustür trat. Wieso war er nicht schon früher zu seinem Großvater gefahren?

James Grant ging zum Schuppen herüber, vorbei an Olga, die vor dem breiten, geteilten Holztor abgestellt war. Er öffnete das Vorhängeschloss und zog die linke Flügeltür weit auf. Puh! Tim rümpfte die Nase, aus dem Schuppen strömte ein Gestank wie von einem fauligen Komposthaufen. Und in diesem dunklen, muffigen Loch sollte sich das Geheimnis seiner Kugel verbergen?

Opa James machte eine einladende Handbewegung und Tim trat mit angehaltenem Atem in den Schuppen. Nachdem sich seine Augen an die Dunkelheit gewöhnt hatten, entdeckte er Unmengen von Tierfutterkartons und Säcke mit Heu.

»Hast du etwa eine geheime Zoohandlung?« Das hätte Tim bei einem berühmten Physiker nun nicht gerade erwartet.

James lächelte verschmitzt, als er auf den Lichtschalter drückte. Helles Quieken und Fiepen ließen Tim vor Schreck zusammenzucken. An der gegenüberliegenden Wand reihte sich Käfig an Käfig, weiße Mäuse tummelten sich darin. Oder waren das Ratten? Durch die plötzliche Helligkeit aufgeschreckt rannten sie jedenfalls wild durcheinander.

»Darf ich vorstellen, meine Assistenten!«

»Assistenten?«, fragte Tim verwundert. »Wobei assistieren dir die Tiere denn?«

»Einen kleinen Moment noch!« Sein Großvater zog an einem grauen Regal mit durchgehender Rückwand, auf dem mehrere Käfige standen. Das Regal fuhr eine Armlänge weit nach vorne und ließ sich dann zur Seite schieben. Dahinter verbarg sich eine Stahltür mit einem schwarzen Drehrad, an dem ein Zahlenschloss angebracht war.

Tim machte ein verblüfftes Gesicht. »Eine Geheimtür. Sozusagen!«

»Genau. Eine Geheimtür. Die sich über eine nur mir

bekannte Zahlenkombination öffnen lässt.« James ging in die Hocke und drehte an dem Zahlenschloss. Danach rollte er kräftig an dem Rad der Tür und mit einem deutlichen KLACK wurde sie entriegelt. Opa James zog an dem Drehrad und die schwere Tür öffnete sich. Gleichzeitig ging dahinter Licht an, das einen weiß gefliesten Raum taghell erleuchtete. Tim kniff die Augen zusammen.

»Darf ich vorstellen. Mein Labor!«

Tim konnte sich seinen Opa auch gut als Zirkusdirektor in der Manege vorstellen.

Die beiden stiegen eine kleine Treppe hinunter. Tim kam aus dem Staunen nicht mehr heraus. Das Labor war vollgestellt mit den modernsten Apparaten – überall Messgeräte, digitale Anzeigen, flimmernde Bildschirme. An den weiß gekachelten Wänden hingen Plakate, auf denen Atommodelle zu sehen waren. Und der Raum war lang. Sehr lang.

»So groß sah der Schuppen von außen aber gar nicht aus«, wunderte sich Tim.

»Gut erkannt, wir befinden uns fünf Meter unter der Erde, der Schuppen geht hier unterirdisch weiter. *Sozusagen.*« Opa James betonte Tims Lieblingswort. Ein leises Brummen durchdrang den Raum. Und es roch ein bisschen wie beim Zahnarzt. »Bis vor Kurzem hätten wir

diesen Raum nur mit Schutzkleidung betreten dürfen. Aber meine Versuche sind abgeschlossen und der Reaktor ist abgeschaltet.«

»Der Reaktor?« Tim sah seinen Großvater ungläubig an.

»Meine Experimente benötigen sehr viel Energie. Da reicht normaler Steckdosenstrom nicht aus.«

Tim konnte es nicht fassen. Hatte sich sein Großvater wirklich einen eigenen Atomreaktor gebaut? Sprachlos folgte er ihm in den hinteren Teil des Labors. James stellte seinem Enkel sämtliche Geräte mit Namen und Funktion vor, was Tim jedoch sofort wieder vergaß. Mister Jones' Physiklabor in der Nellie war gegen dieses Geheimlabor jedenfalls ein Experimentierkasten für den Kindergarten. Vor einem sockelartigen Podest blieb Opa James stehen. Darauf thronte ein quadratischer Glaskasten. In dem gläsernen Würfel lag eine bronzefarbene Kugel mit einem kleinen Display, auf dem eine blaue LED-Anzeige blinkte.

»Na, erkennst du die Kugel?«

Klar, das Ding in dem Glaskasten sah Tims Kugel sehr ähnlich. Es fehlte nur der Holzring mit den blauen Steinen. »Die Kugel, die ich dir geschickt habe, war ein früherer Prototyp von diesem Exemplar. Habe für dich ein paar Spielereien eingebaut.«

Tim dachte an die täuschend echte Ansicht des Weltalls und der Planeten. Hatte er also doch richtig gelegen mit seiner Annahme, dass sein Großvater elektronischen Krimskrams in der Kugel versteckt hatte.

»Deine Kugel kann leider nicht so viel wie dieses Schätzchen, ich werde sie vielleicht mal für dich aufrüsten.« Dabei klopfte Opa James gegen die Glasplatte.

»Was ist denn nun das Besondere an dieser Kugel, Opa?«

James zog zwei Hocker unter einem Tisch hervor und deutete Tim an, sich zu setzen. Dann sah er seinem Enkel ernst in die Augen. »Was verstehst du unter dem Begriff *Zeit*?«

Tim hatte sich bis jetzt wenig Gedanken darüber gemacht. »Meinst du die Zeit, die überhaupt nicht vergehen will, so wie die in der Schule?«

»Du meinst also, die Zeit vergeht für jeden Menschen unterschiedlich, je nach Stimmung und Laune?«

»Nein, natürlich nicht. Es gibt ja Uhren, die die Zeit immer gleich anzeigen.« Was hatte dieses Gerede über Zeit denn mit den Kugeln zu tun?

In den nächsten beiden Stunden erklärte der Physiker James Grant seinem Enkel Timothy Robber, wie die Physik den Begriff *Zeit* beschrieb. Tim erfuhr eine Menge über Albert Einstein, der vor rund hundert Jahren mit seiner Relativitätstheorie die Physik umgekrempelt hatte, indem er herausfand, dass sich die Zeit dehnen konnte. Sein Großvater redete ohne Punkt und Komma, hier war er in seinem Element. Tim versuchte, dem Vortrag so gut wie möglich zu folgen, aber bald begriff er gar nichts mehr. »Wie kann das denn sein?! Dauert dann eine Stunde länger als eine Stunde?«

James sah in ein ungläubiges Gesicht. »So ungefähr. Während wir zwei hier ruhig und gemütlich zwischen vier und fünf Uhr nachmittags sitzen, vergeht exakt eine Stunde. Würden wir uns in dieser Zeit bewegen, würde die Zeit langsamer verlaufen.«

Tim schüttelte verständnislos den Kopf, er kam nicht mehr mit. James seufzte, unternahm aber einen erneuten Anlauf, um ihm die Sache mit der Zeit zu erklären. Er erzählte von seinen Experimenten am Genfer Institut. Eines Tages bestieg er dort ein Flugzeug und flog von Genf nach New York. Er hatte eine Atomuhr im Gepäck, mit der die Zeit so exakt wie überhaupt nur möglich gemessen werden konnte. Sein Kollege Simon Hawke blieb derweil in Genf mit einer baugleichen Atomuhr zurück. Als James wieder nach Genf zurückgekehrt war, stellten die beiden Physiker Unglaubliches fest: Im Flugzeug war die Zeit um 59 Nanosekunden langsamer abgelaufen als am Boden! Mittlerweile war Opa James aufgestanden und lief wie ein Lehrer vor der Klasse hin und her. Dabei versuchte er Tim zu erklären, warum nichts so schnell sein konnte wie das Licht – dreihunderttausend Kilometer pro Sekunde. Diese Lichtgeschwindigkeit war entscheidend für die Dehnung der Zeit. Je schneller das Licht unterwegs sein konnte, umso weniger Zeit verging. »In unserem Institut beschäftigten wir uns mit Atomen. Wir konnten diese kleinsten Teilchen auf fast hundert Prozent der Lichtgeschwindigkeit beschleunigen.«

Tim spürte, wie stolz sein Großvater auf seine Forschungsarbeit war, dennoch hatte er langsam genug von dem ganzen Physikkram. »Und was ist jetzt das Geheimnis der Kugeln, Opa?«

James setzte sich wieder auf den Hocker und sah seinem Enkel tief in die Augen. »Stell dir vor, wir haben entdeckt, dass bei der Beschleunigung der Atome Zeitschleifen entstehen!«

»Zeitschleifen?«

»Ja, mit diesen Zeitschleifen können Gegenstände in die Zukunft oder in die Vergangenheit geschickt werden!« Er kam ganz nah an Tim heran. »Wir haben ein Teilchen entdeckt, das schneller als Licht ist! Und dieses Teilchen haben wir in diese Kugel gesteckt!« Er deutete auf den

Glaskasten mit der Kugel. »Das ist eine Zeitkugel, Tim.«

Zeitkugel. Tim schüttelte ungläubig den Kopf, als Opa James erklärte, dass die Atomteilchen im Inneren der Kugel programmiert werden konnten. Je nach Beschleunigung wurde ein Gegenstand in die Zukunft oder in die Vergangenheit transportiert. Zuerst unternahm James Versuche mit toten Gegenständen, wie Holzstücke oder Metallteile, danach startete er eine Testreihe mit Mäusen.

»Und nachdem du die Mäuse verschickt hattest, sind sie dann wieder zurückgekommen?«

James nickte begeistert. »Es hat funktioniert! Kugel und Maus kamen tatsächlich Tage, Wochen, sogar Monate später an, auf die Sekunde genau, je nach Programmierung. Ich brauchte viel Geduld, denn ich selbst musste ja warten, bis der jeweilige Zeitpunkt in der Zukunft eingetreten war. Tim, mein Lebenstraum war Wirklichkeit geworden! Danach habe ich angefangen mit Reisen in die Vergangenheit zu experimentieren.« Opa James machte ein betretenes Gesicht. »Und da liegt das Problem. Die Mäuse und die Kugeln sind dann natürlich weg. Die Maus kann die Kugel ja nicht selber programmieren, um wieder in die Zukunft zurückzukommen.«

»Das heißt, die Mäuse im Schuppen warten alle noch auf ihren Einsatz?«, fragte Tim verblüfft.

James Grant schüttelte energisch den Kopf. »Nein, die Testphase ist jetzt abgeschlossen. Ich werde die Kugel als nächstes an mir selber testen.« Er sprang auf und guckte mit funkelnden Augen auf die Zeitkugel im Glaskasten. Dann riss er den Kopf herum und sah Tim eindringlich an. »Und du kannst mir dabei helfen!«

Tim war verwirrt und verängstigt, als er Opa James zum Ausgang folgte. In dieser Zeitkugel befanden sich also angeblich Atome, die so stark beschleunigt werden konnten, dass Zeitschleifen entstanden, mit denen Gegenstände in die Vergangenheit oder in die Zukunft transportiert werden konnten?! Was für ein Unsinn! Tim war zwar nicht der Beste in Physik, aber was er soeben gehört hatte, konnte er einfach nicht glauben.

James Grant verschloss die große Stahltür zum Labor wieder und schob das Regal mit den Mäusen davor. Dann rollte er seine Olga in den Schuppen, bevor er die Flügeltüren von außen zudrückte. Es war bereits dunkel, als sie zum Walross herübergingen. Schwarze Gewitterwolken hatten sich über den Himmel von Southbay geschoben und die ersten Blitze schossen über den Horizont. Schon prasselte der Regen auf sie hinab. Die beiden liefen schnell zur Haustür hinüber. Lachend schüttelten sie sich im Flur das Wasser aus den Haaren. Opa James war völlig verrückt, das stand für Tim fest. Aber irgendwie war es auch aufregend, weitaus aufregender als es in Billford gewesen wäre. Als er seinem Großvater in den ehemaligen Schankraum folgte, wusste er noch nicht, dass dies erst der Anfang war ...

Der Bucklige deutete aufgeregt auf die beiden Gestalten, die vom Schuppen zum Walross liefen.

»Ja, schon gut, ich bin ja nicht blind«, zischte der hagere Mann gereizt und schlug den nassen Kragen seines Mantels hoch. »Jetzt warten wir erst mal ab, bis die Herrschaften tief und fest schlummern. Dann schlagen wir zu.«

Gefährliche Erkenntnisse

Tim konnte lange nicht einschlafen. Zu sehr beschäftigten ihn die ungeheuerlichen Dinge, die ihm sein Opa erzählt hatte. Die beiden hatten noch am großen Eichentisch im Schankraum gesessen. James Grant hatte beschlossen, die Zeitkugel selber zu testen, indem er ein Jahr in die Zukunft reisen würde. Sein Enkel sollte ihm dabei helfen – wie genau, würde James ihm später noch erklären. Auf jeden Fall sollte er ihn in den nächsten Sommerferien wieder besuchen und dann an der Stelle warten, an der James ankommen würde.

Tim hatte gefragt, wer sonst noch an der Entwicklung dieser Zeitkugel beteiligt gewesen war, denn sein Großvater hatte immer von *wir* gesprochen. Nur widerwillig rückte James mit der ganzen Geschichte heraus. Er hatte viele Jahre im Genfer Institut mit seinem Kollegen Simon

Hawke und dessen Assistenten Dick Morgan zusammengearbeitet. Sie waren die einzigen Engländer in einem internationalen Forschungsteam gewesen. Das Institut war die größte Atomforschungseinrichtung der Welt. Nachdem die beiden die bahnbrechende Entdeckung gemacht hatten, wie man ein Atomteilchen schneller als Licht beschleunigen konnte, gab es endlose Diskussionen.

Schließlich kamen Hawke und James zu dem Schluss, dass ihre Entdeckung die Welt radikal verändern würde und einigten sich darauf, die Erkenntnisse über die Zeitschleifen geheim zu halten, damit die Menschheit keinen Unfug damit anstellen konnte. Denn wenn jemand in die Vergangenheit reiste und sie dann veränderte, würde das enorme Auswirkungen auf die Gegenwart haben und Probleme ungeahnten Ausmaßes verursachen. James Grant und Simon Hawke wollten diese Verantwortung nicht übernehmen. Sie schworen sich gegenseitig, ihre Entdeckung unter Verschluss zu halten.

Doch Simon Hawke steckte in ziemlichen Schwierigkeiten. Hawke, wie Opa James ein genialer Physiker, war ständig in Geldnot, er hatte hohe Spielschulden. Oft ging er direkt vom Institut in das Genfer Spielcasino, um seine Sucht zu befriedigen. Und bald schon wurden seine Geldsorgen immer drückender. Er sah keinen anderen Ausweg und brach den gemeinsamen Schwur. Er wollte ihre Erfindung nutzen um ein Zeitreiseunternehmen zu gründen. Zeittouristen sollten wie normale Urlauber ihre Reise in eine gewünschte Zeit buchen können. James war strikt dagegen und ab diesem Zeitpunkt war kein gemeinsames Arbeiten mehr möglich, ganz im Gegenteil, ein regelrechter Hass entstand zwischen den beiden ehemaligen Kollegen. Hawke begann, gegen Opa James zu arbeiten und mobbte ihn aus dem Institut, indem er ihm einen Diebstahl anhängte. Leider schenkten die Direktoren des Instituts Hawkes Anschuldigungen mehr Glauben als James Grants Unschuldsbeteuerungen. Tims Opa musste die Schweiz verlassen und zog nach Southbay.

Er wollte sich aber nicht damit abfinden, dass er zu Unrecht beschuldigt und unehrenhaft aus dem Institut geworfen worden war. Außerdem musste er mit allen Mitteln verhindern, dass Hawke ihre Erfindung missbrauchte. Daher vernichtete er sämtliche Konstruktionspläne der Kugel und schmuggelte den Prototypen aus dem Institut, um ihn mit nach England zu nehmen. Das war die Kugel, die jetzt Tim gehörte!

Zurück in England hatte James die Arbeit an der Zeitkugel wieder aufgenommen. Mittlerweile hatte er Dutzende Kugeln nachgebaut, mit denen er die weißen Mäuse auf Zeitreise geschickt hatte.

Tim war sich sicher, dass Hawke seinen Großvater jetzt ziemlich hassen musste! Bei dem Gedanken wälzte er sich unruhig auf der knisternden Strohmatratze hin und her. Das Unwetter wütete nun bereits seit einer Stunde über der Bucht von Southbay. Hell leuchteten die Blitze Tims Schlafkammer aus, dicht gefolgt von knallenden Donnerschlägen. Das Gewitter musste direkt über ihnen sein. Der Regen klatschte gegen das kleine Fenster. Hoffentlich war das Walross wasserdicht, dachte Tim, bevor er trotz Donner endlich einschlief.

Tim schlug die Augen auf. Es war stockdunkel. Das Geräusch der tosenden Wellen, die an die Steilküste krachten, brachte ihm zu Bewusstsein, dass er bei seinem Großvater war. Das Unwetter schien vorbei zu sein. Sein Rücken schmerzte, der mühsame Traum, in dem er dem Buckligen aus dem Zug wieder und wieder die Kugel entreißen musste, steckte ihm noch in den Knochen, als er plötzlich Cocos Schreie hörte.

»Attacke!«, krächzte der Papagei. »Attacke!«

Tim sah auf sein Handy. Zwei Uhr früh. War das normal, dass der Vogel mitten in der Nacht so einen Krach machte? Tim lauschte angestrengt in die Stille. Da! Schon wieder.

»Attacke! Attacke!«

Leise öffnete er seine Zimmertür und schlich auf den Flur. Direkt gegenüber lag Opa James' Zimmer. Bedrohlich lautes Schnarchen drang durch die Tür. Wieso hörte sein Großvater Cocos Schreie denn nicht? War er schwerhörig? Vorsichtig tastete sich Tim die alte Holztreppe hinunter. Bis jetzt hatte er noch keinen Lichtschalter gefunden. Zum Glück war sein Petterson-phone mit einer Taschenlampen-App ausgestattet und leuchtete die Treppe hell aus. Die Stufen waren abgenutzt und uneben. Wie viele Piraten waren hier wohl schon hochgelaufen? Und wieder runtergefallen? Damals war im Walross doch bestimmt jede Menge Rum getrunken worden.

Cocos Schreie waren mittlerweile verstummt. Tim hörte nur das Flattern seiner Flügel. Unten fand er immer noch keinen Lichtschalter. Ob Opa James nachts mit der Taschenlampe auf die Toilette ging? Tim spähte in die Küche. An fast allen Küchengeräten blinkten auffällige LED-Anzeigen in den unterschiedlichsten Farben. Die Küche eines Atomphysikers eben. Tim nahm einen leichten Rauchgeruch war, aber das war sicher der Gestank aus dem qualmenden Backofen, der noch in der Luft lag.

Auf Zehenspitzen schlich er durch die Küche. Dahinter lag der alte Schankraum, wo Coco auf seiner Stange saß. Tim leuchtete den Papagei an, der aufgeregt hin- und hertrippelte. »Was ist los, Coco? Warum machst du so einen Höllenlärm?«, flüsterte er.

Die Gelbstirnamazone flatterte aufgebracht mit den Schwingen und krakeelte: »Gold! Gold! Gold!«

Tims Blick fiel auf die Wand neben Cocos Stange – da fehlte doch etwas! Der Bilderrahmen! Als er näher herantrat, knirschte es unter seinen Schuhen. Auf dem Boden lagen zerbrochene Rahmenteile und zersplittertes Glas. Ob der Bilderrahmen heruntergefallen war? Aber wo war die Karte? Tims Magen zog sich zusammen. Da platzte ein lauter Knall in die Stille. Erschrocken zuckte Tim zusammen. Das Fenster! Die Fensterflügel waren geöffnet und schlugen auf und zu! Tim konnte keinen klaren Gedanken mehr fassen, er fühlte sich wie gelähmt. Dann war es mit einem Schlag taghell im Zimmer. Opa James stand am Kücheneingang. Er trug ein viel zu langes, gestreiftes Nachthemd und hatte eine Fernbedienung in der Hand. Das war also sein Lichtschalter, schoss es Tim trotz des Schrecks durch den Kopf.

»Tim, was ist hier los?«

»Die Karte ..., die Karte ist weg!«

James Grant starrte zur Wand, an der die Umrisse des Rahmens als dunkler Schatten deutlich zu sehen waren, und auf den Scherbenhaufen am Boden. Er lief zum Fenster, lugte hinaus und schloss es dann energisch.

»Wer war das, Opa? Wer klaut denn eine alte Schatzkarte?«

In dem Moment entdeckte der alte Mann einen Zettel, der auf dem Esstisch lag. Wie in Trance ging er darauf zu und griff nach dem Blatt. Als James die Botschaft gelesen hatte, wurde er blass. »Los, komm mit!« Er holte eine große Stabtaschenlampe aus einer Schublade, eilte zur Haustür und trat ins Freie.

Der Mond tauchte die Küstenlandschaft in ein helles Licht. James und Tim liefen rasch über das nasse Gras zum Schuppen. Eine der beiden Flügeltüren stand weit offen und das Vorhängeschloss war aufgeschnappt. Als James das sah, stampfte er mit seinen kurzen Beinen auf den Boden, ballte die rechte Hand zur Faust und schlug diese zornig in die linke. Er schaltete das Licht im Schuppen an, worauf die Mäuse in den Käfigen mit schrillem Piepsen reagierten. Das verschiebbare Käfigregal war nach vorne gezogen! Jemand hatte die Tarnung aufgedeckt!

Tim konnte es nicht fassen, er war noch keine 24 Stunden zu Besuch bei seinem Großvater und schon hatte er mehr erlebt, als in seinem ganzen vorherigen Leben. Opa James begab sich in die Hocke, um den Zahlencode der Stahltür einzugeben. Hektisch kurbelte er anschließend am Drehrad und zog die schwere Tür auf. Das unnatürlich grelle Laborlicht dahinter ließ Tims Augenlider flattern. Sein Großvater stürzte zum Glaskasten – die Kugel war weg! Fassungslos starrte er auf die leere Mulde, in der bis vor kurzem sein Lebenswerk gelegen hatte. »Dieser verdammte Mistkerl!«, schrie James, außer sich vor Wut.

Tim stutzte. »Du weißt, wer die Kugel gestohlen hat?!«

Schwerfällig zog sein Großvater die beiden Hocker hervor, auf denen sie schon am Nachmittag gesessen hatten. Nach einem langen Seufzer spuckte er den Namen förmlich aus: »Hawke!«

»Simon Hawke, dein ehemaliger Kollege vom Institut?«

»Ja, genau der!«

»Bist du sicher? Was stand denn auf dem Zettel?«

James sah seinen Enkel verwirrt an. Er schien mit den Gedanken ganz woanders zu sein. »Nichts, nichts stand auf dem Zettel ...«, murmelte er.

»Woher soll Hawke denn wissen, wo du wohnst?«, setzte Tim nach.

»Ach Tim, das ist doch heutzutage ein Kinderspiel. Wir leben im Computer-Zeitalter, wo Satelliten durchs Weltall schwirren und uns laufend mit Informationen versorgen. Es ist ein Leichtes herausfinden, wo sich jemand aufhält. Mit der entsprechenden Software können Telefongespräche und E-Mails problemlos ausspioniert werden.«

»Aber wie konnte er den Zahlencode knacken?«

James machte ein unglückliches Gesicht. »Daran bin ich wohl selbst schuld ... Ich benutze schon seit Jahrzehnten denselben Code. Hawke kennt die Zahlen natürlich noch vom Institut.«

Ein Schauer lief Tim über den Rücken. Simon Hawke war hier gewesen?! Der schreckte sicher vor nichts zurück. »Dann lass uns sofort die Polizei rufen, wenn du dir sicher bist, dass Hawke hinter dem Diebstahl steckt! Vielleicht kriegen sie ihn noch!«

»Auf gar keinen Fall!« Opa James schüttelte verzweifelt den Kopf. »Von diesem Labor darf nie jemand erfahren. Ich lagere hier uranhaltige Stoffe. Wenn die Polizei dahinterkommt, kann ich einpacken, dann werde ich verhaftet.«

Tim sah seinen Großvater erstaunt an. War er furchtlos oder doch einfach nur verrückt? Oder beides? Wie auch immer – für seinen Lebenstraum ging er ein großes Risiko ein! Plötzlich musste Tim wieder an den unangenehmen Typen im Zug denken. »War der Bucklige etwa Simon Hawke? Der Kerl, der meine Kugel klauen wollte?«

»Nein, das war bestimmt Dick Morgan, der stumme Dickie! Er ist Hawkes rechte Hand.« James schlug sich mit der flachen Hand vor die Stirn. »Ich bin so ein Trottel! Warum bin ich nicht sofort darauf gekommen?! Morgan hatte im Institut einen schlimmen Arbeitsunfall. Seitdem humpelt er und kann nicht mehr richtig sprechen. Die Direktoren wollten ihn entlassen. Doch Hawke machte ihn zu seinem Assistenten. Seitdem hat Morgan alles für Hawke getan. Er würde für ihn sogar töten, da bin ich mir sicher.«

Tim lief ein eiskalter Schauer über den Rücken. Beim Gedanken an das Zusammentreffen im Zug mit diesem gefährlichen Mann wurde ihm im Nachhinein noch ganz schlecht. »Aber warum hat Hawke die Schatzkarte geklaut? Und warum wusste er überhaupt von der Karte? Kannte er die auch aus dem Institut?«

Sein Großvater schüttelte den Kopf. »Nein, die lag Jahrhunderte lang in einer Kiste hier auf dem Dachboden. Ich habe sie ja erst gefunden, nachdem ich das Haus gekauft hatte. Vermutlich ...« James wurde vor Wut ganz rot im Gesicht. »Es kann doch nur so sein, dass mich der Mistkerl seit Urzeiten beobachtet und wahrscheinlich auch noch in meinem Haus ein- und ausgegangen ist, ohne dass ich davon etwas bemerkt habe! Bestimmt hat er die alten Konstruktionszeichnungen für die Zeitkugel gesucht und dabei die Karte gesehen ... Aber was hat Hawke damit vor?«

Tim versuchte, sich an Einzelheiten der alten Schatzkarte zu erinnern. Er wusste noch, dass weder Koordinaten noch der Name der Insel eingezeichnet waren, nur ein Datum und der Name des Schiffes blinkten vor seinem geistigen Auge auf. Dann durchzuckte ihn ein Gedanke. »Den wievielten haben wir heute, Opa James?«

»Den 2. August. Wieso fragst du?«

Triumphierend schlug Tim mit der flachen Hand auf den Esstisch. »Das ist es! Morgen läuft das Schiff aus!«

»Welches Schiff?« James sah seinen Enkel verwirrt an.

»Auf der Karte steht das Datum 3. August 1690«, rief Tim aufgeregt. »An dem Tag ist bestimmt die *Elisabeth I.* zur Schatzinsel gefahren!«

Opa James schüttelte verständnislos den Kopf. Aber Tim konnte sich nun einiges zusammenreimen, eifrig scrollte er auf seinem Smartphone, um sich die passenden Informationen herauszusuchen. Elisabeth I. war Königin von England gewesen. Vor dreihundertfünfzig Jahren! Diese Königin hatte besonders viele Kaperbriefe ausgestellt, sie wollte das gesamte Gold Südamerikas haben, um ihre Flotte aufzubauen. Die Kaperbriefe ermächtigten die Piraten, ganz offiziell die Schiffe anderer Nationen zu entern, als Freibeuter im Namen der englischen Krone. Ein Teil des Goldes musste natürlich an die Königin abgegeben werden. William Kidd war einer dieser Freibeuter gewesen und eines seiner Schiffe hatte tatsächlich den Namen Elisabeth I. gehabt!

»Opa, denk doch mal nach! Damals haben die Piraten ihre erbeuteten Schätze oft auf einsamen Inseln versteckt, damit sie den Anteil der Königin auch noch behalten konnten. Und am 3. August 1690 läuft das Schiff von William Kidd in Southbay aus dem Hafen, um den Schatz zu holen.«

»Und da möchte jetzt einer einen großen Teil vom Gold abbekommen.« James Grant war fassungslos. »Das hat sich dieser habgierige Schuft ja raffiniert ausgedacht! Wahrscheinlich hat er wieder Spielschulden und braucht Geld. Er stiehlt deshalb meine Zeitkugel samt Schatzkarte und will mit Hilfe einer Zeitreise auf das Schiff. Ich muss ihm auf jeden Fall nach und die Kugel zurückholen!«

Tim blickte seinen Großvater erschrocken an. »Warum wartest du nicht, bis er zurückkommt?«

James schnaubte. »Bisher vermuten wir ja nur, dass er hinter dem Gold her ist. Vielleicht hat er aber auch etwas ganz anderes vor ...« Er zog den zerknitterten Zettel aus der Tasche und drückte ihn Tim in die Hand. »Hier, wir haben ein Problem und deshalb muss ich ihn einholen.«

Verabschiede dich schon mal von deinem Enkel, James!, stand in dicken Druckbuchstaben darauf. Tim schluckte. »Was meint er damit?«

»Er hat geschworen sich an mir zu rächen, wenn er erstmal eine neue Zeitkugel hätte – dann würde ich meine Frau nicht lange genug kennen, um mit ihr Kinder zu haben. Und das bedeutet ...«

»Das bedeutet, dass es weder meine Mutter, noch meine Schwester und mich jemals geben würde«, beendete Tim den Satz flüsternd.

»Dazu wird es aber nicht kommen!« Entschlossen sprang James Grant vom Hocker. »Ich werde dem Mistkerl die Zeitkugel abnehmen und dann kann er in der Vergangenheit verrotten!«

»Aber wie? Du hast schließlich keine Kugel mehr.«

»Wir nehmen die, die ich dir geschenkt habe. Ich muss sie nur noch ein wenig umbauen!«

Tim sah seinen Großvater zweifelnd an. Was wäre, wenn sie Hawke gar nicht in der Vergangenheit antrafen?

Und selbst wenn, er würde ihnen die Zeitkugel doch niemals freiwillig geben! Ob der bucklige Dick Morgan ebenfalls dabei war?

James Grant sah seinen Enkel prüfend an. »Ich schlage allerdings vor, du setzt dich wieder in den Zug und fährst nach Billford zurück. Es wäre unverantwortlich von mir, dich auf eine so gefährliche Reise mit ungewissem Ausgang mitzunehmen. Zumal ich noch nicht hundertprozentig weiß, ob deine Kugel so tadellos funktionieren wird wie meine anderen Modelle.«

Für einen kurzen Moment teilte Timothy Robber die vernünftigen Ansichten seines Großvaters. Aber dann würde er alleine zuhause sitzen und darauf warten, ob er sich im nächsten Moment in Luft auflösen würde. Gruselig! Tim schüttelte sich. Nein, er würde seinen Großvater nicht alleine reisen lassen! Schließlich ging es hier auch um sein Leben und um das Leben seiner Familie! Gemeinsam würde es ihnen vielleicht gelingen, Hawke die Zauberkugel wieder abzunehmen. Tim war zu allem bereit! »Opa James, ich komme mit!«

Höllenritt durch die Zeit

Die Nacht war kurz für James Grant. In seinem Labor brannte noch lange das Licht. Er baute den ehemaligen Prototypen zu einer funktionsfähigen Zeitkugel um. Für einen Neubau hätte er mehrere Wochen und jede Menge Energie gebraucht. Dafür war keine Zeit mehr. Morgen vor über 300 Jahren würde die Elisabeth I. ihren Anker im Hafen von Southbay lichten und höchstwahrscheinlich ging Simon Hawke mit an Bord! Und das war genau der Moment, in dem sie sich die Zeitkugel schnappen würden.

Tim konnte noch ein paar Stunden schlafen. Nach dem Frühstück verließ er mit seinem Großvater das Walross, nicht ohne zuvor Coco und die weißen Mäuse mit reichlich Futter versorgt zu haben. Beide hatten ihre Rucksäcke geschultert. Opa James trug Tims Zeitkugel in einer

Spezialtasche. Die Morgensonne wärmte schon, nur ein paar Regenpfützen erinnerten noch an das Unwetter der letzten Nacht. James gab sich geheimnisvoll und hatte das Ziel ihrer morgendlichen Wanderung noch nicht verraten. Tim folgte seinem Großvater schweigend auf dem weiten Küstenplateau entlang der Steilküste. Er genoss die frische Seeluft und fühlte sich trotz der nächtlichen Aufregung für jedes Abenteuer gerüstet. Zuhause hätte das Aufstehen eine Ewigkeit gedauert, auch am zweiten Ferientag. Während des Schuljahres verspürte Tim oft eine Trägheit in sich und jeder zusätzliche Schritt war ihm zuviel. Was hatte seine Mam nicht schon alles versucht, damit er jeden Tag pünktlich zur Schule kam!

Jetzt fühlte Tim eine prickelnde Spannung, als er versuchte mit seinem Großvater Schritt zu halten. James Grant war mit seinen zweiundsechzig Jahren noch sehr sportlich. Er hatte es als Judoka bis zum schwarzen Gürtel gebracht und am Genfer Institut die Judo-Sportgruppe geleitet. Jeden Morgen machte er nach dem Aufstehen spezielle japanische Gymnastikübungen. Nichts hasste er mehr als Faulheit und Nichtstun. Noch am Frühstückstisch hatte James erklärt, dass jeder Mensch ein physikalisches Wunderwerk sei, das vor allem durch Bewegung in Schuss gehalten werden müsse.

Sie liefen nun bereits seit einer Stunde auf einem Pfad direkt an der Küstenkante und hielten auf den rotweißen Leuchtturm zu, den Tim durch das Fenster seiner Kammer gesehen hatte. Die Steilküste von Southbay war ein beliebtes Ausflugsziel. Tim dagegen wurde sofort übel, wenn er an der steilen Felswand hinabsah. Er hielt lieber respektvollen Abstand. Der Weg wurde allmählich schmaler und Tim musste sich darauf konzentrieren, wohin er trat. Endlich standen die beiden vor dem großen Leuchtturm, der sich auf einem kleinen Hügel befand.

»Wir sind da!«, sagte James und tastete nach der Tasche mit der Zeitkugel.

Tim musste seinen Kopf in den Nacken legen, um die Spitze des Bauwerkes sehen zu können. Der Leuchtturm war bestimmt noch höher als der Kirchturm von Billford. Kalter Schweiß brach ihm aus. Sollte er jetzt etwa diesen rotweißen Wolkenkratzer besteigen? Das ging auf gar keinen Fall! Da musste er seinen Opa leider enttäuschen. Sein Mund war trocken und in seinem Kopf fuhr ein Schlitten Achterbahn. »Wir müssen doch jetzt nicht etwa den Turm raufsteigen, oder?«, fragte er mit leicht zitternder Stimme.

Statt einer Antwort bedeutete Opa James seinem Enkel ihm zu folgen und stieg die Treppenstufen zum

Leuchtturmeingang hoch. Die bröckelige Steintreppe war schmal und hatte kein Geländer. Oben angekommen drehte Opa James den Türknauf und stemmte sich gegen die alte Holztür, die sich knarrend öffnete. Sie betraten einen hellen Vorraum, durch dessen schmale Fenster die Sonnenstrahlen hereinfluteten. In der Mitte wand sich eine mächtige hölzerne Wendeltreppe nach oben.

»Der Leuchtturm ist nicht mehr in Betrieb«, erklärte Opa James. »Die Schiffe haben heutzutage moderne Navigationssysteme, um die gefährlichen Klippen vor Southbay zu umfahren.«

»Welche Funktion hat der Leuchtturm denn jetzt?« Tim wollte die Unterhaltung verlängern um den Zeitpunkt des Aufstiegs hinauszuzögern und um sich von seiner Angst abzulenken. Ihm war klar, dass er gleich diesen riesigen Turm besteigen musste.

»Gar keine«, antwortete sein Großvater. »Er bietet Wanderern Schutz vor Regen und natürlich verschönert er die Landschaft. Was wäre eine Küste ohne Leuchtturm?! Weiter oben ist der Treppenaufgang zugebaut.«

Tim spürte den riesigen Stein, der ihm vom Herzen fiel.

»Wertlos für die Schifffahrt, aber für mich ist er Gold wert! Geh mal ein Stück zu Seite. Und jetzt bitte nicht bewegen.« Opa James zog einen losen Stein aus der Wand heraus. Dann betätigte er in dem Mauerloch einen Hebel und sogleich klappte zwei Meter neben Tims Füßen eine Eisenplatte nach unten. Ein dunkles Loch tat sich vor ihnen auf.

Tim trat erschrocken einen Schritt zurück. Er traute seinen Augen nicht. »Woher kennst du den Mechanismus?«

Die blauen Augen seines Großvaters strahlten. »Auf dem Dachboden vom Walross habe ich eine alte Holzkiste mit Bauplänen des Leuchtturms gefunden und diesen Eingang hier entdeckt.« Er kniete sich neben die Öffnung, die wie ein schwarzer Rahmen im Boden eingelassen war. Aus dem dunklen Loch strömte kalte, modrige Luft, die Tim an frisch umgegrabene Erde erinnerte. James bückte sich, langte mit seinem Arm unter den Holzboden und tastete ihn ab.

Kurz darauf erhellte gelbes Licht den Abgang und James sprang wieder auf die Füße. »Los geht's.«

Eine steile Leitertreppe führte nach unten. Opa James schwang die Beine in die Öffnung und stieg ein paar Trittstufen hinunter. Dann streckte er Tim die Arme entgegen und bat ihn, die Rucksäcke und die Tasche mit der Zeitkugel anzugeben. Vorsichtig ließ Tim die Sachen in den Schacht hinunter und kletterte hinterher. Sein Großvater erwartete ihn schon am Fuß der Leiter. Er drückte einen Hebel an der Wand herunter und die Eisenplatte über ihnen klappte quietschend an ihren Platz zurück.

Ein schlauchartiger Gang, der leicht abwärts verlief, führte von der Leiter weg. An den weiß verputzten Wänden waren links und rechts runde Lampen angebracht, die schummriges Licht verströmten.

»Wohin führt der Weg?«, fragte Tim, dem langsam etwas mulmig zumute wurde.

»Geduld! Das wirst du gleich sehen.«

Die beiden liefen mehrere hundert Meter den Gang entlang, bis sie auf eine graue Stahltür stießen. Ein Warnschild verbot Unbefugten den Zutritt und wies darauf hin, dass hier Lebensgefahr bestand.

Tim schluckte. »Was ist hinter dieser Tür, Opa?«

»Wir befinden uns hier vor einer ehemaligen Raketenversuchsstation der englischen Armee. Und jetzt ist es mein privater Raketenkeller!« James erzählte seinem Enkel vom Zweiten Weltkrieg, als die Engländer versucht hatten, eine Rakete zu konstruieren, die bis zum europäischen Festland fliegen konnte. Die Soldaten fanden an der Südküste das ideale Testgelände vor. Tim hörte seinem Großvater gebannt zu. Ein Geheimgang, der zu einer

Raketenversuchsstation führte! Was würde er hier noch alles zu sehen bekommen?!

James hielt Tim einen kleinen Schlüssel vors Gesicht und wandte sich dann zu der grauen Stahltür. Aber als er den Schlüssel im Schloss drehen wollte, stutzte er. Die Tür war offen!

Er schüttelte den Kopf. »Ich war doch vor drei Tagen noch hier. Ich könnte schwören, dass ich hinter mir abgeschlossen habe.«

Tim schrieb diesen Umstand der zunehmenden Vergesslichkeit seines Großvaters zu und dachte sich nichts weiter dabei. James zog die Tür weit auf und ein eisiger Luftzug erfasste den Gang. Tim wich erschrocken einen Schritt zurück. Vor ihm war nichts als eine schwarze Wand.

»Keine Sorge, Tim. Gleich gibt's Licht.« Neben der Tür war ein Blechkasten in die Wand eingemauert. Opa James zog eine Klappe auf, drückte mehrere Schalter nach oben und schon erhellte sich der schwarze Raum.

Tim machte zögernd einen Schritt durch den Eingang. Was er sah, verschlug ihm den Atem. Er zwang sich ruhig zu bleiben und die aufkommende Übelkeit zu unterdrücken. Die beiden befanden sich auf einem Felsvorsprung, einem steinernem Balkon, der mit einem Eisengeländer abgesichert war. Darunter tat sich ein dunkler Abgrund auf. Und obwohl es hier so viele Lampen gab, konnten diese die Höhle nicht vollständig ausleuchten, so tief erstreckte sich die Anlage. Wo waren sie hier nur gelandet? In einer unterirdischen Kirche? Nein, viel größer! Eine Kathedrale? Oder gar ein Steinbruch? Es war eine Höhle, so riesig wie ein Flugzeughangar. Ein Airbus A380 hätte hier ohne Mühe hineingepasst.

»Ich habe noch nie so eine große Höhle gesehen!«, sagte Tim mit zitternder Stimme. Und so eine hohe auch nicht, dachte er. Da wäre der Aufstieg auf den Leuchtturm vielleicht doch das kleinere Übel gewesen.

»Ich bis vor zwei Jahren auch nicht«, unterbrach James seine Gedanken. »Diese Höhle ist nach dem Krieg scheinbar in Vergessenheit geraten.«

Tim hielt sicheren Abstand zum Geländer. »Opa, warum sind wir hier und was hat das Ganze mit der Zeitkugel zu tun?«

Sein Großvater grinste, als hätte er auf diese Frage nur gewartet. »Dreh dich mal zur Seite. Vielleicht kommst du dann selbst drauf!«

Tim blickte zur Mitte des steinernen Balkons. Im Dunkeln zeichnete sich eine mächtige Stahlkonstruktion ab, die an einen Container-Verladekran erinnerte. Solche

Kräne hatte er im Hafen von Bristol gesehen. Das Gestell war mindestens zehn Meter hoch, eine senkrecht angebrachte Eisenleiter führte zu einer Plattform nach oben. Von dort zog sich ein Gestänge seitwärts über das Balkongeländer hinaus in die Dunkelheit. Mehr konnte Tim nicht erkennen, es war einfach zu finster. »Hier machst du deine Versuche mit der Zeitkugel, stimmt‘s? Experimente mit der Schwerkraft der Atome. Sozusagen.« Tim drückte seinen Rücken noch etwas fester gegen die harte Felswand.

»Ich wusste, dass ich einen intelligenten Enkel habe!«, rief James begeistert. »Genau, mein Junge. Der Raketenkeller ist wie gemacht für meine Versuche. Ich musste so gut wie nichts mehr umbauen.« Er zeigte auf die kranartige Konstruktion. »Von dort oben habe ich meine Mäuse auf Zeitreise geschickt!«

Tim wurde immer mulmiger zumute. Bisher war noch keine Maus aus der Vergangenheit zurückgekehrt – wie auch – und nun sollte er mit seinem Großvater über dreihundert Jahre in die Vergangenheit reisen!

»Komm, wir müssen jetzt da hoch.«

Also doch! Er hatte es ja schon geahnt, dass er heute noch in schwindelerregende Höhen hinaufsteigen musste.

James hängte sich die Spezialtasche quer über den Oberkörper. »Dann los!« Energisch erklomm er die eisernen Sprossen.

Tim dagegen stand immer noch wie angewurzelt vor der Leiter und kämpfte mit sich. Alles drehte sich vor seinen Augen, der Boden schien zu wanken und ihm wurde schlecht. Die schmale Eisenleiter war mindestens so hoch wie der Zehnmeterturm des Billforder Freibads. Mit Grausen erinnerte sich Tim daran, als Mister Jones ihn beim Schwimmunterricht zwingen wollte, auf den Turm zu steigen. Er sollte vom Dreimeterbrett springen. Nachdem Tim sich übergeben musste und dabei nur knapp die Füße seines Lehrers verfehlt hatte, war Mister Jones damit einverstanden, dass er nur vom Startblock sprang.

»Tim? Gibt es ein Problem?«, kam es von oben.

»Nein, nein, ich komme! Hab nur meinen Rucksack festgezogen!«, log Tim. Er spürte kalte Angst im Nacken. Sein Großvater war bereits auf der Plattform angekommen, die oben auf der Stahlkonstruktion thronte. Es führte kein Weg daran vorbei, er musste jetzt da rauf. Wenn sie die Zeitkugel nicht zurückbekamen, würde es ihn sowieso bald nicht mehr geben und seine Mutter und seine Schwester auch nicht.

Tims Finger schlossen sich um die kalte Eisensprosse. Zögernd setzte er einen Fuß auf die Leiter. Er atmete tief ein und aus, um die Schwindelgefühle beiseite zu schieben. Dann gab er sich einen Ruck und stemmte sich nach oben. Langsam, Sprosse für Sprosse, schob er sich den senkrechten Aufgang hoch. Jetzt bloß nicht runtergucken! Sein Herz klopfte bis zum Hals, das Blut rauschte in seinen Ohren. Warum zum Teufel hatten die Soldaten hier keine normale Treppe eingebaut?! Tim sah nach oben. Er wollte sich seine Angst vor seinem Großvater auf keinen Fall anmerken lassen. Außerdem war Opa James fünfzig Jahre älter als er und war die Leiter wie ein Eichhörnchen hochgeflitzt.

Tim musste sich konzentrieren. Mit einer Hand griff er nach der nächsten Sprosse, gleichzeitig hob er den Fuß und setzte ihn auf einer der dünnen Eisenstangen ab. Das machte er abwechselnd mit jeder Körperseite, den Kopf starr nach oben gerichtet. Nur nicht nach unten gucken! Mechanisch, rechte Seite, linke Seite, immer weiter, nicht nachdenken! Oben am Ende der eisernen Sprossen stand Opa James und grinste zu ihm hinunter. Plötzlich bekam Tim Robber einen Ehrgeiz, der ihn selbst überraschte. Er zog das Tempo an.

»Nicht so schnell!«, warnte sein Großvater besorgt. »Pass auf, wo du hintrittst!«

Tim kam ihm immer näher, jetzt konnte er schon fast die Bartstoppeln seines Opas sehen. Der streckte ihm bereits die Hände entgegen. Noch einen Meter. Tims Arme zitterten von der ungewohnten Anstrengung. Jetzt nicht schlappmachen!

»Gut gemacht, Junge, gleich hast du es geschafft!« James griff nach Tims linker Hand und zog ihn mit einem Schwung auf die Plattform. Tim ließ sich völlig erschöpft auf die Gitterplatte fallen, durch die er bis auf den grauen Felsboden des steinernen Balkons sehen konnte, auf dem die Stahlkonstruktion aufgebaut war. Ihm wurde übel, alles drehte sich. So weit war er hochgeklettert? Er zitterte, doch fühlte er, wie sich auch Erleichterung und Stolz in ihm ausbreiteten.

Sein Großvater klopfte ihm anerkennend auf die Schulter. »Prima Tim! Und für den Rest der Reise nehmen wir den Wagen.« Er grinste und ging auf der Plattform zum vorderen Geländer, das dem Inneren der Höhle zugewandt war. Kurz darauf hallte ein grauenvoller Schrei durch die Höhle. Opa James! Tim rappelte sich hastig auf und wankte zu seinem Großvater. Der hieb wütend mit der Faust auf die Stange des Geländers.

»Opa, was ist los?!«

»Dieser Mistkerl! Er war hier, Tim! Ich fasse es nicht! Dieses Monster war tatsächlich schon vor uns da!« James konnte sich nicht mehr beruhigen.

»Wieso bist du dir so sicher?«, fragte Tim und schaute sich suchend um.

»Der Schlitten ist weg!«, presste sein Großvater hervor. Als er das verständnislose Gesicht seines Enkels sah, erklärte er ihm, dass er den Turm benutzte, um seine Zeitkugeln in eine Schwerelosigkeit zu versetzen. Dazu verwendete er einen Transportschlitten, auf dem die Soldaten früher die Raketen aufgebaut hatten. Auf diesem Schlitten deponierte er eine Zeitkugel mitsamt Maus und ließ ihn von der turmhohen Stahlkonstruktion auf dem Schienenstrang hinunterrollen. Dieser Schienenstrang verlief mehrere hundert Meter durch die Höhle, bis er kurz vor einer runden Öffnung endete. An diesem Punkt hatte die Kugel genug Energie für den Sprung in die Zeitschleife. Je nach Programmierung wurden Maus und Kugel dann in die Vergangenheit oder in die Zukunft transportiert.

»So wie es aussieht, hat Hawke den Schlitten benutzt. Da er aber nicht wusste, wie das Gefährt zu programmieren war, ist es nun futsch!« Opa James war außer sich.

»Er muss mich wirklich schon längere Zeit beobachtet haben. Woher sonst sollte er von dem Raketenkeller wissen?!«

»Können wir ihm denn jetzt nicht mehr hinterherreisen?«

»Moment!« Aus einer dunklen Ecke der Plattform zog Opa James eine große Holzkiste mit vier Rädern, die einem Bollerwagen glich. »Ich glaube, das könnte funktionieren!«

Könnte?! Tim betrachtete den Wagen skeptisch. Ein verbogenes Gitter war auf Kniehöhe rundum angebracht. Sollten sie etwa mit diesem klapprigen Ding auf den Schienen fahren? Das konnte doch nicht gut gehen! Er sah sich die Konstruktion an, die von der Plattform in die Höhle hinabführte. Was für ein Wahnsinn! Die Schienen waren noch ungefähr zehn, fünfzehn Meter zu sehen, dann knickte das Gleis nach unten ab. Da die große Höhle nur unzureichend ausgeleuchtet war, verschwand der weitere Schienenverlauf an dieser Stelle in der Dunkelheit. Tim starrte lange in die finstere Ferne. Ein winziger heller Fleck war weit unten zu erkennen. Das Austrittsloch für die Raketen!

James klopfte gegen die Holzkiste. »Dieser Transportwagen hier war nicht für die Raketen gedacht, sondern für Materialien und Werkzeuge. Der Unterschied zum Raketenwagen, den sich Hawke geschnappt hat, ist nur, dass dieser hier keine Bremsen hat!«

Tim traute seinen Ohren nicht. Wie bitte?! Das Ding hatte keine Bremsen? Er wollte protestieren, doch sein Großvater kam ihm zuvor. »Wir brauchen aber gar keine Bremse, Tim. Je schneller, umso besser! Je mehr Energie, umso sicherer ist die Reise in die Vergangenheit. Wir benötigen eine extrem hohe Geschwindigkeit. Die gleiche, die wir erreichen würden, wenn wir uns von einem zweihundert Meter hohen Turm fallen lassen würden!« James Grant sagte das eher beiläufig, während er den Bollerwagen auf die Schienen stellte.

Zweihundert Meter hoher Turm? Freier Fall? Tims Gedanken rasten, in seinem Kopf wirbelte alles durcheinander und sein Magen rebellierte. Das konnte sein Großvater unmöglich ernst gemeint haben. Das würden sie beide nicht überleben! Ein eiskalter Schauer lief ihm über den Rücken.

James nahm die Zeitkugel aus der Spezialtasche und stieg in den klapprigen Wagen. »Komm, setz dich hinter mich. Es wird schon alles gut gehen. Vertrau mir.«

Schlotternd und mit weichen Knien kletterte Tim in den engen Transportwagen. Seine Hände zitterten so stark, dass er sich kaum festhalten konnte. Er wusste nicht recht, ob er lieber beten oder wie sein Großvater einfach vollkommen der Technik vertrauen sollte. Ihm blieb aber keine Zeit, länger darüber nachzudenken.

Es war ein kurioses Bild, das die beiden auf der Plattform boten. James Grant und Timothy Robber hockten in einem uralten Transportwagen aus dem letzten Weltkrieg. Ihre Rucksäcke fanden kaum Platz in der engen Holzkiste. Opa James hatte die Zeitkugel auf seinem Schoß und tippte auf die Tasten des Displays.

»Das wäre geschafft. Achtung Tim, wir starten! Halt dich gut fest.« Er beugte sich über den Rand des Wagens und gab den Vorderrädern einen Schubs. Die Kiste bewegte sich ruckelnd. Noch befanden sie sich auf der Plattform. James half erneut nach. Gleich würden sie auf die Schienen hinausrollen, die nach wenigen Metern steil abknickten! Tims Puls raste. Er musste an seine Eltern und seine Schwester denken. Die drei hatten keinen blassen Schimmer davon, was er hier gerade durchmachte! Hoffentlich würde er sie wiedersehen! Er fühlte sich wie in der Schlange vom Todeslooping in Billford. Gleich würde der fiese Kartenabreisser mit den gelben Zähnen auftauchen. Es ruckelte einmal heftig und dann ging es leicht bergab. In wenigen Sekunden nahm der Wagen Fahrt auf. Tim klammerte sich so fest er konnte an das Gitter.

Sie rollten nun auf den Schienen abwärts, der Wagen wurde immer schneller. Der Fahrtwind peitschte den beiden ins Gesicht. Tim konnte in der Dunkelheit nichts erkennen, als er mit steifem Hals einen Blick nach unten wagte. Der Höhlenboden war nicht auszumachen. Jetzt steuerte der Wagen auf den Knick zu, an dem die Gleise steil hinunterführten. Zum Glück war Tim nicht klar gewesen, was jetzt auf ihn zukam, sonst wäre er sicher niemals in die Holzkiste eingestiegen: Der Raketenkeller hatte die gleiche Höhe wie die Steilküste von Southbay! Und im selben Moment kippte der Wagen senkrecht in die Tiefe!

Tim schrie vor Schreck laut auf und krallte sich am Gitter fest. Das Frühstück verlagerte sich aus seinem Magen eine Etage höher. Der Fahrtwind war so stark, dass ihm das Atmen schwerfiel. Er spürte eine noch nie erlebte, unvorstellbare Geschwindigkeit! Und wenn der Wagen jetzt aus den Schienen kippte? Das würden sie nicht überleben! Opa James klammerte sich genauso krampfhaft am Gitter fest. Die unzähligen kleinen Lampen an den Höhlenwänden zogen wie ein heller Strich an ihnen vorbei. Die Karre verursachte einen Höllenlärm, da die rostigen Eisenrollen vermutlich seit Ewigkeiten kein Öl mehr gesehen hatten. Das Gefährt kippte abrupt wieder in eine waagerechte Position zurück und die beiden wurden mit einer enormen Kraft auf den Boden des Wagens gedrückt. Die Schussfahrt war beendet, aber der Wagen raste mit unverminderter Geschwindigkeit weiter geradeaus. Tim kniff die Augen zusammen und versuchte, über die Schultern seines Großvaters zu spähen. Sie rasten genau auf das helle Loch zu! Ohne Bremse!

Aus der Zeitkugel strahlte plötzlich ein tiefes Blau. Der Bollerwagen rumpelte heftig. Tim kniff die Augen zusammen. Hoben sie gleich ab in den Himmel? Das blaue Licht strahlte durch seine Augenlider. Er war schwerelos, schwebte und dann landete er weich.

In der Falle

Tim blinzelte, die Sonne blendete ihn. Wo waren sie gelandet? Vor ihnen erstreckte sich das Meer bis zum Horizont. Immerhin hatten sie den Höllenritt ohne Bremse überlebt! Er bewegte vorsichtig Arme und Beine. Alles funktionierte noch. Neben ihm hockte sein Großvater und strahlte übers ganzes Gesicht. »Wow! Tim! Wir sind angekommen! Ist das nicht fantastisch?! Junge, fühlst du dich auch so großartig wie ich?«

Tim schüttelte nur den Kopf, er war immer noch wie gelähmt von der rasenden Fahrt. Er fühlte sich, als wäre er mindestens zehn Mal hintereinander mit dem Todeslooping gefahren und hätte danach noch drei Stunden Fußball spielen müssen.

Die beiden saßen auf einem moosigen Felsvorsprung. Unter ihnen breitete sich der Strand aus. War das hier immer noch die Steilküste von Southbay? James hielt die Zeitkugel in der Hand und tippte hektisch auf dem Display herum. Dann lächelte er seinen Enkel entzückt an. »Der Transport in die Vergangenheit ist uns tatsächlich geglückt! Punktlandung!«

»Bist du sicher?« Tim machte ein zweifelndes Gesicht und sah sich um. »Hier sieht es doch genauso aus wie vorher.« Hoch über ihnen gähnte ein türgroßes Loch in der Felswand. War das der Ausgang des Raketenkellers? Waren sie dort hinausgeflogen? Aber wo war der Transportwagen geblieben? Das klapprige Teil hatte den Abflug wahrscheinlich nicht überstanden. »Woher willst du denn wissen, dass heute der 3. August 1690 ist?« Tim blieb skeptisch.

Opa James reichte ihm seinen Rucksack und erhob sich. »Wenn du mir nicht glaubst, kannst du dich gleich selbst überzeugen. Lass uns zum Walross gehen. Dann wissen wir, ob die Zeitkugel gute Arbeit geleistet hat!«

Sie stiegen einen schmalen Weg hinauf, der von dem Felsvorsprung auf das Küstenplateau führte. Oben angekommen, blieben sie stehen, um über die Bucht zu schauen. Das musste die Bucht von Southbay sein! Dennoch hatte Tim den Eindruck, dass irgendetwas anders aussah als noch vor ein paar Stunden. Er kam nur nicht direkt darauf, was es war ... Dann durchzuckte es ihn! Der Leuchtturm - natürlich! Opa James war genau an der Stelle auf eine kleine Anhöhe geklettert, wo vor einer Stunde noch der rotweiße Leuchtturm gestanden hatte! Der Leuchtturm, in dem sie durch die Falltür in den Geheimgang hinabgestiegen und zum Raketenkeller gegangen waren. Er war nicht mehr da! Oder besser gesagt *noch* nicht! Opa James drehte sich um die eigene Achse. Tims Mund war staubtrocken. Der Leuchtturm war noch nicht gebaut worden. Natürlich. Sie waren also tatsächlich in der Vergangenheit gelandet! Als könnte er es immer noch nicht glauben, holte Tim sein Pettersonphone aus der Tasche. Das Display zeigte das gleiche Datum wie heute Morgen beim Frühstück im Walross. Aber die Netzsuche blieb erfolglos. War ja auch klar, ein Netz hatte es damals schließlich noch nicht gegeben! Auch das Telefon würde erst in knapp zweihundert Jahren erfunden werden.

Das laute Krächzen einer Möwe riss Tim aus seinen Gedanken. Er atmete tief die frische Seeluft ein und lief seinem Großvater hinterher, der in der grünen Hügellandschaft des weitläufigen Küstenplateaus den Weg zum Walross suchte.

Was würden sie in James Grants zukünftigem Haus vorfinden? Ob es tatsächlich eine Schänke für Seeleute war? Sie liefen denselben Weg zurück, den sie nur wenige Stunden zuvor in Richtung des Leuchtturms gegangen waren. Die Sonne strahlte und am Himmel zeigte sich kein einziges Wölkchen. Ein Schwarm Möwen veranstaltete Wettkämpfe in der Luft und kreischte kampfeslustig. Vom Walross war noch nichts zu sehen.

Auf dem Meer war alles ruhig – kein einziges Schiff ließ sich blicken. Gab es den Hafen von Southbay überhaupt schon? Jetzt mussten sie das Walross bald erreicht haben. Die beiden begannen schneller zu laufen. Tatsächlich! Opa James' Gutshof lag einsam vor ihnen auf dem Küstenplateau, nahe der steilen Abbruchkante. So einsam, wie ihn Tim gestern bei seiner Ankunft vorgefunden hatte. Nur strahlte das Gebäude jetzt in frischerem Glanz. Tim wollte darauf zulaufen, doch sein Großvater hielt ihn zurück. Er zog seinen Enkel hinter einen großen Felsbrocken. Eine ungewohnte Stille lag in der Luft.

»Tim, wir sollten vorsichtig sein«, warnte James leise. »Wenn die Gerüchte stimmen, dann haben sich in dem Wirtshaus ziemlich üble Gestalten rumgetrieben.«

Tim sah ihn erschrocken an. An diese Möglichkeit hatte er überhaupt nicht gedacht.

Sein Großvater zog ein altes Messingfernrohr aus dem Rucksack. »Auch ein Fundstück vom Dachboden«, sagte er, schob die drei Rohrteile sorgfältig auseinander und hielt sich das Fernrohr ans Auge.

»Und, was siehst du?«, fragte Tim aufgeregt. »Kannst du jemanden erkennen? Ist Hawke da?«

Sein Großvater schüttelte enttäuscht den Kopf und reichte ihm das Fernrohr. »Hier, versuch du es mal. Ich kann damit nichts erkennen, das alte Ding hat keine gute Vergrößerung.«

Tim lugte durch das Fernrohr und konnte sich das Walross damit einwandfrei heranzoomen. »Ich glaube, du brauchst eine stärkere Brille, Opa«, sagte er und grinste. Dann schaute er wieder durch das Fernrohr. Keine Menschenseele. Weit und breit bewegte sich nichts um das Haus. Der Schuppen fehlte und auch die beiden hohen Kastanienbäume waren noch nicht gepflanzt. Er schwenkte das Fernrohr zum Eingang herüber. Vor der Tür baumelte ein Schild an einer Eisenstange, auf dem ein großes Schiff abgebildet war. *Zum Walross* stand in verschnörkelter Schrift darunter. Also stimmte es tatsächlich: James Grants Haus war ein Wirtshaus für Seefahrer gewesen!

Opa James gab seinem Enkel ein Zeichen, woraufhin die beiden geduckt auf das Walross zuschlichen. Sie drückten sich rechts und links seitlich des größten Fensters an die Wand und schoben sich Stück für Stück näher an die Glasscheibe heran um hineinzusehen. Drinnen entdeckten sie denselben riesigen Eichentisch, an dem sie heute Morgen noch gefrühstückt hatten! Auf dem Tisch standen ein Dutzend dunkle Becher und eine braune Flasche. Aber weder Wirtsleute noch Gäste hielten sich im Schankraum auf.

»Wo stecken die denn alle?«, sagte Opa James mehr zu sich selbst. »Gab es damals schon Betriebsurlaub?«

»Dann hätten die Wirtsleute vorher noch den Tisch abgeräumt!«, griente Tim und dachte an seine Mam, die niemals in den Urlaub gefahren wäre, wenn noch benutztes Geschirr auf dem Küchentisch gestanden hätte. Ein metallenes Klicken ließ beide erschrocken herumfahren. Tim blickte genau in der Lauf einer Pistole, die auf ihn gerichtet war! Vor ihnen standen mehrere schäbig gekleidete Männer, einige mit wilden Bärten und langen Haaren. Und der Bucklige aus dem Zug war auch dabei! Dick Morgan! Tim konnte sich nicht bewegen, er war wie gelähmt, nur seine Augen huschten von einem zum anderen. Ein baumlanger Kerl mit Schlapphut, der neben Morgan stand, musterte Tim und seinen Großvater mit hämischem Blick. Er hatte eine Hand schützend auf die schwarze Ledertasche gelegt, die ihm von der Schulter baumelte. Das war bestimmt Simon Hawke! Und in seiner Tasche musste die Zeitkugel sein, die er Opa James geklaut hatte! Sie hatten es also tatsächlich geschafft, sie hatten Hawke und Morgan gefunden! Aber das Zusammentreffen mit den beiden hatte Tim sich irgendwie anders vorgestellt. Ihr Plan war schließlich gewesen, Hawke und Morgan zu überrumpeln und jetzt waren sie selbst in eine Falle geraten!

Es waren neun Piraten, die sie mit zusammengekniffenen Augen finster anstarrten. Die sonnengegerbte Haut der Männer wies an einigen Stellen dunkle Flecken auf. An jedem Arm prangte mindestens eine Tätowierung. Alle waren barfuß und ihre Kleidung bunt zusammengewürfelt. Jeder besaß ein krummes Messer, das in einer breiten Bauchbinde steckte, die wie ein Gürtel aussah. Nur die zwei Männer aus der Zukunft, Simon Hawke und Dick Morgan, steckten in langen schwarzen Ledermänteln und trugen dicke schwarze Schuhe.

Ein Pirat mit rotem Leinenhemd und ehemals vermutlich weißer Segeltuchhose hatte eine lange Pistole auf Tim gerichtet. Ein anderer mit einer ärmellosen Lederweste zielte mit seiner Waffe auf Opa James. Tim dachte an die vielen Piratenfilme, die er schon gesehen hatte und wunderte sich, dass die echten Piraten tatsächlich genauso wie im Kino aussahen. Ihm wurde schwindelig und seine Knie zitterten, das hier war eindeutig kein Film!

Ein großer schwarzhaariger Pirat stach unter den anderen hervor. Er trug einen mächtigen Bart, der am Kinn zu kurzen Zöpfen geflochten war. Seine Haare waren im Nacken zu einem dicken Zopf geknotet. Im Gegensatz zu den anderen Piraten trug er ausschließlich schwarze Kleidung. Er trat auf Opa James zu. Seine Stimme ließ Tim zusammenzucken. »Wer seid ihr? Was wollt ihr hier?« Dabei beugte er sich so tief hinunter, dass seine Bartzöpfe vor James' Augen baumelten. Tim konnte seinem Großvater ansehen, dass dieser genauso erschrocken war wie er.

James Grant sah unsicher zu Simon Hawke, der bewegungslos im Hintergrund stand und kein Zeichen des Erkennens von sich gab. Hawkes Augen waren zu Schlitzen verengt und der schmallippige Mund zuckte nervös. Erst nach einigen Schrecksekunden fand Tims Großvater seine Sprache wieder und räusperte sich. »Ich bin James Grant und das ist mein Enkel Timothy Robber.«

»Wo kommt ihr her?«

»Wir kommen aus Bristol.«

Tim traute seinen Ohren nicht. Bristol? Wieso Bristol?

»Aha, aus Bristol.« Der Pirat schritt aufreizend langsam vor Tim und James hin und her, die Arme auf dem Rücken gekreuzt. »Ich komme auch aus Bristol, alter Mann.«

Tim sah dem Piraten an, dass er ihnen nicht traute. Urplötzlich blieb der Bärtige vor ihm stehen und zeigte mit seinem dreckigen Zeigefinger in Tims Gesicht. »Wenn du aus Bristol bist, Lockenköpfchen, dann kennst du dich sicher gut in dieser Stadt aus, nicht wahr?«

Tim wollte etwas sagen, aber er brachte kein Wort heraus. Also nickte er heftig.

»Sag mir, welcher Fluss durch Bristol fließt.«

Tim spürte, wie heiße Wellen durch seinen Körper schossen. *Der Fluss in Bristol! Lieber Gott, hilf mir!* Sie hatten das doch im Geographieunterricht besprochen. Die zehn wichtigsten Flüsse Großbritanniens. Tim versuchte fieberhaft, sich die Tabelle vor Augen zu rufen, die er bei dem anschließenden Test ausgefüllt hatte. *Jetzt bloß keinen Fehler machen, Timothy Robber!* »Avon!«, platzte es aus ihm heraus.

Der Pirat verzog keine Miene. Es war totenstill. Keiner bewegte sich. Nur der Mund von Hawke zuckte nach wie vor. War die Antwort etwa falsch?! Was würden die

Piraten dann mit ihnen anstellen? Erschießen? Aufhängen? Nur weil er den Namen des Flusses nicht gewusst hatte? Tim schluckte.

Alle starrten ihren Anführer gebannt an. Der entblößte mit einem Mal zwei schiefe gelbe Zahnreihen. »Bravo, Lockenköpfchen!«

Die ganze Bande fing an zu lachen und zu johlen, als hätte Tim den Witz des Monats zum Besten gegeben.

»Und was führt die beiden Herrschaften zu uns nach Southbay?« Der Pirat sah Opa James scharf in die Augen.

Der versuchte entspannt zu wirken und antwortete mit fester Stimme: »Wir sind Vogelforscher und befinden uns auf der Durchreise!«

Tim wäre am liebsten im Boden versunken. Schnappte sein Großvater jetzt völlig über? *Vogelforscher?!* Was passierte, wenn dieser Oberpirat sich auch noch mit Vögeln auskannte und ihn nach bestimmten Möwenarten ausfragte? Wieder herrschte eine grausame, unerträgliche Stille. Als der Schwarzbärtige Opa James krachend auf die Schulter schlug und in ein wieherndes Lachen ausbrach, stimmte die Crew grölend ein. Tim und sein Großvater sahen sich an und beschlossen mitzulachen. Dick Morgan setzte zu einem Grinsen an, bekam aber von Hawke sofort einen Schlag in die Seite.

»Soso. Vogelforscher aus Bristol. Zieht sich euer Berufsstand immer so seltsame Kleidung an?« Der Pirat musterte sie kritisch.

Tim spürte einen Schweißtropfen, der langsam an seiner Schläfe herunterlief. *Ihre Kleidung!* Gott sei Dank hatte er heute kein bedrucktes T-Shirt angezogen. Aber seine Turnschuhe waren bunt und die Cargohose mit den Seitentaschen sah auch nicht aus wie von 1690. Opa James dagegen passte kleidungsmäßig besser ins 17. Jahrhundert mit seiner braunen Stoffhose und dem dunkelgrünen Hemd.

Aber der Pirat ging nicht weiter darauf ein. »Gestatten, Kidd, Käptn William Kidd. Meine Feinde nennen mich auch Bill, den Schrecklichen, wobei sie mir damit unrecht tun, oder Männer?« Kidd drehte sich plötzlich mit furchteinflößendem Blick zu seinen Leuten um, die erschrocken zurückwichen. »Solange alle machen, was ich sage, bin ich sanftmütig wie ein Kätzchen, hahaha!«

Bei Tim stellten sich die Nackenhaare auf. Hatte er gerade richtig gehört? *Der Schreckliche Bill?* Über den Schrecklichen Bill hatten sie sogar im Geschichtsunterricht gesprochen. Die große Seefahrernation England hatte damals die schlimmsten Piraten der Weltmeere beheimatet. Einer der brutalsten war der Schreckliche Bill,

Käptn William Kidd. Und genau der stand jetzt leibhaftig vor ihnen!

»Heute ist ein guter Tag, was Männer?! Zuerst wollen die beiden Galgenvögel freiwillig bei uns anheuern ...«, Kidd zeigte hinter sich auf Hawke und Morgan, ohne sich dabei umzudrehen, »und dann fallen uns noch diese beiden Täubchen in die Hände. Wenn das kein gutes Omen ist!«

Tim sah zu seinem Großvater hinüber, dessen verkrampfte Miene wie eingefroren wirkte. Käptn Kidd lief weiter auf und ab. »Ich lade euch hiermit ein, an Bord meines Schiffes zu kommen. Morgen früh heißt es *Leinen los* für die Elisabeth! Hin und wieder haben wir auch Vögel mit an Bord!« Die Piraten bogen sich vor Lachen.

»Mister Kidd, das ist sehr freundlich von Ihnen, aber leider können wir Ihre Einladung nicht annehmen. Mein Enkel und ich müssen uns weiter unserer Forschungsarbeit widmen.« James' laute und klare Stimme ließ die Piraten verstummen.

Käptn Kidd ging auf Tims Großvater zu und zog dabei langsam sein krummes Entermesser aus dem schwarzen Ledergurt, der um seinen Bauch gespannt war. Er beugte sich zu James hinunter und hielt die Spitze des Messers an dessen Kinn. »Jetzt hör mir mal ganz genau zu, alter

Mann! Hier entscheide ich allein, wer was macht, verstanden?! Und wenn ich sage, dass ihr mit aufs Schiff kommt, dann *kommt* ihr mit aufs Schiff. Sonst ...!« Beim letzten Wort deutete der Piratenkapitän mit seinem Messer an, wie er Opa James damit den Hals abschneiden würde. Tim rückte ganz nahe an seinen Großvater heran. So eine schreckliche Angst hatte er noch nie in seinem Leben gehabt. Käptn Kidd würde sie umbringen, ohne mit der Wimper zu zucken! Sie waren Gefangene der Piraten! Ihr ursprünglicher Plan, Hawke die Kugel abzunehmen, bevor das Schiff aus dem Hafen lief, war damit unmöglich geworden!

Käptn Kidd gab den Befehl zum Aufbruch. »John und Jack, ihr seid für unsere Vogelfänger verantwortlich. Wenn sie euch entwischen, bekommen die Haie ein Festmahl serviert.«

Der Pirat mit dem roten Leinenhemd und ein Glatzköpfiger mit goldenen Ohrringen packten Opa James und Tim an den Schultern und stieß sie nach vorne. »Na los, lauft schon! Und keine Tricks, sonst könnt ihr was erleben, ihr Vogelforscher!«

Ein schmaler Pfad führte vom Walross zur Küstenkante und von dort ging es steil bergab, bis in das Hafengebiet von Southbay. Der Pirat mit der Lederweste ging voran, gefolgt von Käptn Kidd, der sein Messer wieder weggesteckt hatte. Fünf seiner Leute gingen hinter ihm. Danach stolperten Tim und Opa James vor den Piraten Jack und John. Das Schlusslicht bildeten Hawke und Morgan. Dick Morgan kam mit seinem Gehstock nur mühsam voran.

Während des Marsches bekam Tim unbändigen Durst. Was hätte er dafür gegeben, das Wasser zu trinken, das er in seinen Rucksack gepackt hatte. Aber was würden die Piraten wohl zu dem merkwürdigen Trinkbehälter sagen? Plastikflaschen gab es Ende des 17. Jahrhunderts ja noch nicht. Wenn Käptn Kidd die Flasche entdecken sollte, würde er Tim und seinen Großvater auf den Kopf stellen und gründlich durchsuchen. Tim stellte sich vor, wie Käptn Kidd sein Pettersonphone oder seine blaue Star Wars-Brotdose in den Händen hielt. Oder schlimmer noch, wenn er bei Opa James die Zeitkugel fände. *Die Zeitkugel!* Ihre Rückfahrkarte! Nur mit ihr konnten sie wieder zurück in die Gegenwart reisen, die jetzt in diesem Moment die Zukunft war.

Die Hafenbucht von Southbay tauchte vor ihnen auf. Wie anders es hier aussah. War das wirklich erst gestern

gewesen, als Tim mit der Olga hier entlanggefahren war? Unzählige altertümliche Segelschiffe ankerten jetzt hier am Kai. Vor den Häusern am Hafen waren lange Bretter ausgebreitet, auf denen Fische zum Trocknen lagen. Überall herrschte emsiges Treiben. Ladungen wurden gelöscht oder auf die Schiffe gebracht. Alles nur mit Muskelkraft, es gab keinen einzigen Kran. Brutale Aufseher schlugen auf dunkelhäutige Männer mit Stöcken ein, damit sie die Kisten und Fässer noch schneller auf die Schiffe schleppten. Tim und Opa James blickten sich wortlos an. Sie mussten versuchen, einen unbeobachteten Moment zur Flucht zu nutzen.

Die Piraten liefen mit schnellen Schritten den Kai entlang und schoben sich dann mitten ins Gedränge. Tim schöpfte schon Hoffnung und wollte versuchen, im Gewühl unterzutauchen, aber im gleichen Moment spürte er den festen Griff seines Aufpassers auf seiner Schulter.

Da lag sie, die Elisabeth. Ein imposanter Dreimaster mit turmhohen Masten. Benannt nach Elisabeth I., die damals vor 100 Jahren eine der mächtigsten Herrscherinnen gewesen war – Königin von England. Das Schiff schien bereits unruhig an den Befestigungstauen zu ziehen, die um die Pfosten am Kai gebunden waren, als wollte es endlich wieder raus aufs offene Meer.

Der Rest der Mannschaft war bereits an Bord und begrüßte die eintreffenden Kameraden lautstark, als diese über ein schmales Brett zum Schiff hinüberbalancierten. Tim zählte zehn Mannschaftsmitglieder, die an der Reling standen. Dazu die neun vom Walross – neunzehn Piraten und vier Zeitreisende. Ein ungleiches Verhältnis.

Tim schlug das Herz bis zum Hals, als er an der Reihe war, über das schwankende Brett an Bord zu gehen. Das Blut rauschte in seinen Ohren. Aber was blieb ihm anderes übrig? Er hatte keine Wahl! Von hinten bekam er einen unsanften Schubs und stolperte auf die Planke. Krampfhaft versuchte er, das Gleichgewicht zu halten und heftete den Blick starr geradeaus an den Rücken seines Großvaters vor ihm. Als Tim endlich auf das Deck der Elisabeth sprang, war er unglaublich erleichtert.

Käptn Kidd kam gleich auf ihn zu und zog ihn zur Seite. »Wie alt bist du, Lockenköpfchen?«

»Zwölf.« Tim hoffte für einen kurzen Moment, er wäre vielleicht zu jung für die Arbeit auf dem Schiff und würde wieder an Land geschickt – aber was würde dann aus Opa James?!

»Das passt sehr gut, Lockenköpfchen«, lachte Kidd. »Ich möchte dich jemandem vorstellen, der genauso alt ist wie du.« Käptn Kidd verzog seine Unterlippe und pfiff einen langen, hohen Ton durch seine gelben Zähne. Kurz darauf rannte ein Junge mit flatterndem weißen Leinenhemd und einer weiten beigen Hose über das Deck, bremste vor Käptn Kidd ab und hielt die rechte Hand an die Schläfe. »Zur Stelle, Käptn!«

»Lockenköpfchen, das ist Rosie. Rosie, dieses hübsche Lockenköpfchen ist ab heute unser Schiffsjunge. Du sorgst dafür, dass er immer was zu tun hat.«

Tim verstand gar nichts mehr. Der Junge hieß Rosie? Er hatte einen genauso langen schwarzen Zopf wie Käptn Kidd. Die braunen Augen musterten ihn abschätzend.

Jemand boxte ihn unsanft in den Rücken. »Jetzt begrüß die Tochter des Käptns gefälligst, du Kröte«, zischte die Stimme von Jack, der hinter ihm stand.

Die Tochter des Piratenkapitäns! Tim sah sich Rosie genauer an. Dieser Junge war also ein Mädchen!

»Aber was soll ich mit dieser blonden Landratte? Der kapiert doch bestimmt gar nichts!«, maulte Rosie.

»Dann zeigst du es ihm eben. Du tust, was ich sage! Hast du verstanden?!« Käptn Kidd beugte sich zu Rosie hinunter, die erschrocken zurückwich.

»Aye, aye, Käptn.«

Käptn Kidd drehte schnaufend ab. Rosie musterte Tim skeptisch von oben bis unten. Lustlos klopfte sie ihm auf die Schulter. »Na dann, komm mit.«

Tim ging hinter Rosie her, während Opa James mit einem Mann in verdreckter Kleidung in der Kombüse verschwand.

Auf Deck herrschte betriebsame Hektik. Die Männer hatten eine lange Reihe gebildet und warfen sich Kisten und Fässer zu. Am Ende der Kette wurden die Packstücke im Bauch des Schiffes verstaut. Immer wieder brüllten Käptn Kidd und Pirat John, der am Steuerrad stand, ihre Kommandos und scheuchten die Männer über das Deck. Und außer Käptn Kidd wusste keiner, wohin die Reise ging: zur Schatzinsel!

Rosie stand vor einer klapprigen Tür auf dem Hinterdeck und wartete auf ihn. Sie fixierte den neuen Schiffsjungen böse. »Hör zu, Lockenkopf. Wir müssen uns eine Kajüte teilen. Aber wenn ich drin bin, dann klopfst du gefälligst an und wartest, bis du rein darfst. Verstanden?« Rosies Stimme klang im Gegensatz zu vorhin deutlich tiefer. Sie wollte ihm wohl klarmachen, wer hier das Sagen hatte.

»Okay«, sagte Tim leise.

»Wenn du einen Befehl verstanden hast, antwortest du gefälligst mit: Aye, Aye!«, brüllte Rosie. »Ist das klar?!«

»Aye, Aye!«, versuchte Tim so laut wie möglich zu antworten. Herumschreien war noch nie seine Stärke gewesen. Aber er wollte sich auf keinen Fall schon am ersten Tag mit der Tochter des Kapitäns anlegen.

Die Kajüte war ein dunkles Mauseloch. Nach zwei Schritten stieß man schon gegen ein schmales Etagenbett – obwohl die Bezeichnung *Bett* für die kurzen, harten Bretter eigentlich etwas übertrieben war. Tim empfand es zum ersten Mal als Vorteil, dass er nur einhundertfünfundfünfzig Zentimeter groß war.

Rosie gab ihm zu verstehen, dass er auf dem oberen Bett schlafen sollte und verließ daraufhin grußlos die Kajüte.

Endlich allein! Tim öffnete schnell seinen Rucksack und suchte nach der Wasserflasche. Gierig sog er den Inhalt in seine ausgetrocknete Kehle. Dann versteckte er die Flasche und die Star Wars-Dose unter der dünnen Matratze. Käptn Kidds Tochter würde es bestimmt nicht für sich behalten, wenn sie die Gegenstände aus dem 21. Jahrhundert bei ihm entdecken würde!

In der Kajüte gab es weder ein Fenster noch eine Toilette. Nur durch einen schmalen Schlitz in der Tür kam ein wenig frische Luft in die Kammer. Tim war froh, als er wieder auf dem Deck stand. Die Sonne war mittlerweile nur noch ein glutroter Punkt am Horizont. Es war sein zweiter Ferientag und er fuhr auf einem echten Piratenschiff durchs 17. Jahrhundert! Was für ein Irrsinn!

»Psst, Tim!«

Tim fuhr herum und sah in Opa James' Gesicht. Erleichtert fiel er seinem Großvater um den Hals. Beide erzählten, wo sie auf dem Schiff untergebracht waren. James war froh, dass sein Enkel in der Obhut von Käptn Kidds gleichaltriger Tochter war. Tim dagegen war sich noch nicht sicher, ob das wirklich ein Glücksfall war. Sein Großvater war für die Schiffsküche eingeteilt. Der Koch, auf dem Schiff *Smutje* genannt, war Billy, the Pancake, den man wegen seines breiten Gesichts so nannte. James hatte schon in der kurzen Zeit gemerkt, dass Billy vor allem gerne trank. Er konnte sich nicht vorstellen, wie es dem Smutje gelingen sollte, der Mannschaft ein vernünftiges Essen vorzusetzen.

»Die Küche sieht aus wie ein Schlachtfeld, Chaos pur!«, sagte Opa James. »Jetzt gerade liegt Billy betrunken auf der Pritsche neben dem Herd und schläft seinen Rausch aus.«

»Na, das ist doch eine echte Herausforderung für dich«, grinste Tim, der ja gestern Abend noch die äußerst bescheidenen Kochkünste seines Großvaters kennengelernt hatte.

»Wie meinst du das?« James machte ein verständnisloses Gesicht. »Wie dem auch sei, auf jeden Fall haben wir noch Glück gehabt. Hawke und Morgan haben es schlimmer erwischt, sie müssen unter Deck bei der Mannschaft schlafen. In Hängematten.«

Bald darauf waren die letzten Kisten und Fässer im Frachtraum verstaut. Käptn Kidd rief alle Besatzungsmitglieder an Deck zusammen und wünschte sich und seiner Mannschaft eine gute Reise. Für den Abend verbot er unter Androhung der Todesstrafe das Trinken von Rum, da die Elisabeth frühmorgens auslaufen würde. Tim sah zu Simon Hawke und Dick Morgan herüber. Ein hinterlistiges Lächeln umspielte Hawkes Mund.

9. Kapitel

An Bord des Piratenschiffs

»Leinen los!«, brüllte Käptn Kidd und machte seiner Crew Beine. Es war noch früh am Morgen, als der Dreimaster bei frischem Wind aus der Bucht von Southbay fuhr. Tim stand mit seinem Großvater an der Reling und beobachtete die sich zaghaft ausbreitende Morgenröte. Vor ein paar Tagen noch hatte er sich strikt geweigert, überhaupt zu verreisen und jetzt war er, wenn auch unfreiwillig, Teil einer Schiffsmannschaft geworden und segelte in eine ungewisse Zukunft. So sehr Tim sich auch vor der Fahrt und den Piraten fürchtete, er war auch erleichtert, dass sie Hawke gefunden hatten. Und hier auf dem Schiff konnte er ihnen erst mal nicht entkommen, sodass ihnen genug Zeit blieb, sich zu überlegen, wie sie ihm die Zeitkugel wieder abnehmen konnten.

Allerdings stellte Tim bald fest, dass er nicht viel Zeit zum Nachdenken hatte, denn schnell lernte er den harten Schiffsalltag kennen. Rosie erwies sich ihm gegenüber als unbarmherzige Befehlshaberin. Am ersten Tag musste er stundenlang das Deck schrubben, die Kajüte fegen und lernen, wie Schiffsknoten geknüpft werden.

»Fester!«, bellte Rosie. »Aber nicht zu fest, Lockenkopf. Den Knoten muss man wieder lösen können!«

Tims Knoten waren Rosie natürlich nie fest genug. Verzweifelt versuchte er unter ihren kritischen Blicken die komplizierten Schleifen zu knüpfen. Rosie hatte überhaupt keine Geduld. Es war ihr gleichgültig, dass Tim noch nie zur See gefahren war, geschweige denn auf einem Schiff gearbeitet hatte. Die Männer lachten, wenn sie Tim wieder mal erbarmungslos über das Deck scheuchte.

Die Elisabeth glitt geschmeidig durch die Wellen des Atlantiks. In den ersten Wochen war die Stimmung der Mannschaft gut. Das war auch der Küche zu verdanken. Weder Tim noch James hatten anfangs geglaubt, dass Billy the Pancake es schaffen würde, regelmäßig für die Mannschaft zu kochen. Sie mussten zugeben, dass sie sich geirrt hatten. Das Essen bestand zwar hauptsächlich aus Räucherfisch und Schiffszwieback, aber es gab oft Süßes zum Nachtisch. Und einmal in der Woche kochten Billy und James sogar Pudding für alle. Die Arbeit in der Kombüse war für Tims Großvater dennoch sehr kräftezehrend. Billy war oft betrunken und wurde aggressiv. Dann warf er vor lauter Wut Geschirr und Küchengeräte durch die enge Kombüse, oft knapp an James vorbei. Wären die Teller nicht aus dünnem Blech, sondern aus Porzellan gewesen, hätte es nach einer Woche kein Geschirr mehr gegeben. Wenn Billy friedlich gestimmt war, fingen die beiden zusammen Fische. Dazu zogen sie ein Netz hinter der Elisabeth her. Mit den Vorräten, die sie an Bord hatten, mussten sie sparsam umgehen, denn die mussten noch für viele Wochen reichen.

Tim konnte überraschend gut in dem engen, harten Bett schlafen. Das lag aber auch daran, dass er abends wie ein Stein in seine Koje fiel, denn er war das schwere Arbeiten nicht gewohnt – oft schlief er schon während des Abendessens ein. Das Aufstehen ging dafür weitaus schneller als zuhause in Billford. Dafür sorgte Rosie schon. Gewöhnlich weckte sie ihren Zimmerkameraden mit lautem Geschrei, an nochmaliges Umdrehen oder sogar Weiterschlafen war dann nicht mehr zu denken.

Eine wichtige Aufgabe von Tim als Schiffsjunge bestand darin, dem Käptn am Nachmittag seinen Tee zu bringen. Tim wunderte sich zunächst, dass Bill der Schreckliche überhaupt Tee trank. Jeden Tag am späten Nachmittag verlangte Käptn Kidd eine Tasse Schwarztee. Erst viel später bemerkte Tim, dass der Käptn dem dampfenden Getränk sofort einen kräftigen Schuss Rum hinzufügte.

Als Tim eines Tages wie üblich mit dem Nachmittagstee zur Kapitänskajüte kam, stand die Tür weit offen. Tim lugte vorsichtig hinein. Die Kajüte war leer. Tim wartete noch eine Weile, dann entschloss er sich, die Tasse auf Kidds großem Schreibtisch abzustellen. Auf dem Tisch, der in der Mitte des Raumes stand, lag ein aufgeschlagenes, breites Buch – das Logbuch der Elisabeth, in dem der Kapitän alle Vorkommnisse der Fahrt eintrug! Tim spähte zur Tür. Von Käptn Kidd war immer noch nichts zu sehen. Ohne den Blick von der Tür zu lassen, trat er hinter den Schreibtisch. Ein frischer Eintrag war auf dem linierten gelblichen Papier zu sehen. Tims Herz schlug bis zum Hals. Angestrengt versuchte er, die schwungvolle Handschrift Käptn Kidds zu entziffern. Er las, dass die Fahrt gut voranging und die Elisabeth pünktlich in zwei Monaten die Insel erreichen würde. Aber was er dann las, nahm ihm schier den Atem! Käptn Kidd wollte sich auf der Insel *von den lästigen Landratten trennen.* Die Landratten – damit konnten nur sein Großvater, Hawke, Morgan und er selbst gemeint sein!

Plötzlich hörte Tim Schritte. Er hastete in Richtung Kajütentür und stieß dort fast mit Pirat John zusammen. John war der Maat des Schiffes und somit erster Offizier und Stellvertreter von Käptn Kidd.

John erschrak genauso wie Tim. »Was suchst du hier?«, knurrte er misstrauisch.

»Der Tee für den Käptn ...«, stotterte Tim.

»Verschwinde hier, elende Landratte!«

»Bin schon weg.« Tim versuchte sich an dem Maat vorbeizudrücken, doch der packte ihn am Oberarm.

»Irgendwas stimmt mit dir und deinem Großvater nicht«, zischte John gefährlich leise. »Ich werde es herausfinden und dann gnade euch Gott! Und jetzt hau ab!« Damit stieß er den Jungen in den Gang hinaus.

Tim war froh, dass ihn der grobe Kerl losließ und rannte an Deck. Er musste sofort seinen Großvater suchen, um ihm von seiner schrecklichen Entdeckung zu erzählen. Er fand ihn in der Schiffsküche, wo er gerade das Geschirr aufsammelte, das Billy the Pancake kurz zuvor nach ihm geworfen hatte. Billy, dessen Kleidung vor

Fischfett glänzte, schnarchte auf seiner Pritsche. Ein übler Geruch nach Rum stieg Tim scharf in die Nase. Flüsternd erzählte er seinem Großvater von den Eintragungen in Käptn Kidds Logbuch.

Opa James starrte grübelnd an die verdreckte Kombüsendecke. »Wir müssen abwarten, bis wir auf der Insel sind. Die Kugel kann noch genau neunundfünfzig Tage lang für die Rückkehr aktiviert werden.«

Entsetzt sah Tim seinen Großvater an. »Was meinst du damit? Was heißt *noch neunundfünfzig Tage*? Und dann?«

»Dann hat sie nicht mehr genügend Energie«, erklärte James. Verwirrt betrachtete er seinen Enkel. »Hatte ich dir das nicht erzählt?«

Tim schnappte nach Luft und schüttelte stumm den Kopf. Neunundfünfzig Tage nur noch! Das könnte knapp werden.

»Können wir nicht hier vom Schiff reisen?«,fragte Tim und spähte den Mast hoch. »Wenn wir von da ganz oben springen vielleicht?« Er schluckte. Toller Vorschlag. Der Mast war mindestens dreißig Meter hoch, wie sollte er mit seiner Höhenangst die wackeligen Wanten hochsteigen. Andererseits hatte er auch die Fahrt im Raketenkeller überstanden ...

»Hier an Bord haben wir keine Möglichkeit, uns zurücktransportieren zu lassen. Wir brauchen auf jeden Fall eine höhere Absprungstelle als den Mast, damit die Atome in der Zeitkugel kurzzeitig in einen Zustand der Schwerelosigkeit gelangen können.«

Tim wusste nicht, ob er jetzt erleichtert sein sollte oder nicht. Nur noch neunundfünfzig Tage!

Plötzlich schwankte das Schiff so stark, dass der betrunkene Koch von seiner Pritsche flog und mit einem dumpfen Knall auf dem verschmierten Boden landete. Dort drehte er sich einfach um und schlief weiter.

Die nächsten Tage vergingen nur langsam. Kein Land in Sicht, nur Wellen, Wasser und endloser Horizont. Die Planken auf Deck wurden allmählich immer heißer. Die Elisabeth hatte die Südsee erreicht. Bis auf Rosie liefen alle Piraten mit nacktem Oberkörper über das Schiff und einige Rücken wurden in kürzester Zeit krebsrot. Die anfänglich gute Stimmung kippte, denn die Männer wurden langsam ungeduldig. Oft lag die Mannschaft faul an Deck und ging nur widerwillig ihrer Arbeit nach. Beim Aufwickeln der Schiffstaue sangen die Piraten ein furchteinflößendes Lied, das von toten Männern und einer Schatzkiste handelte. Tim war sich danach sicher, dass die Mannschaft ahnte, was der eigentliche Grund für die Seereise war.

»He, Kleiner, komm mal rüber«, rief eines Morgens der Steuermann Tim zu, als der gerade einen Putzeimer holen wollte. »Gibt was für dich zu tun.«

Er deutete zum Großmast hoch, an dessen Spitze sich das sogenannte Krähennest befand, in dem gerade einer der Piraten nach Land Ausschau hielt.

»Kletter mal hoch und lös Matthew ab, ich brauch ihn hier unten.«

Tim wurde erst blass wie Milch, dann rot wie Chilli und am liebsten wäre er ohnmächtig geworden.

Jack musterte ihn abschätzend. »Was is' los. Du hast doch wohl keinen Schiss, oder? Kannst doch wohl klettern als Schiffsjunge.«

Tim schüttelte den Kopf.

»Los jetzt, rauf mit dir«, ranzte der Steuermann ihn an. »Bisschen plötzlich!«

Was sollte er bloß tun? Über Bord springen? Keine gute Idee. Tim dachte an die Leiter, die er im Raketenkeller hochgeklettert war. Er konnte es schaffen, wenn er wollte! Tief Luft holen, einen Handgriff nach dem anderen und bloß nicht runtergucken. Zögernd griff er nach

den Seilen und kletterte los. Aber gegen das hier war die Kletterei im Raketenkeller ein Spaziergang gewesen. Je höher Tim kam, desto stärker schaukelten die Taue im Wind. Das Schiff schwankte in den Wellen auf und ab, der Mast bog sich knarrend und die Wanten schwangen im Takt dazu. Es war ein einziges Geschaukel und Gewackel. Tim bemühte sich die aufkommende Übelkeit zu unterdrücken.

Plötzlich schrie der Mann über ihm im Krähennest: »Wal backbord!«

Die Mannschaft stürzte ungestüm zur Schiffsvorderseite. Jede noch so kleine Abwechslung war ihnen willkommen. Tim klammerte sich an das Seil und riskierte einen Blick nach unten. Eine riesige Wasserfontäne schoss steil in den blauen Südseehimmel. Ein Blauwal, groß wie ein Haus, drehte seine Runden um das Schiff. Er kam immer näher, nur um dann kurz vor der Elisabeth wieder abzutauchen. Als alle dachten, er wäre in den Tiefen des Meeres verschwunden, katapultierte sich der Riese plötzlich aus dem dunkelblauen Ozean.

Ein Raunen und Johlen ging durch die Menge. Aber dann rief der Mann im Ausguck: »Der Wal kommt direkt auf das Schiff zu! Er greift an! Er wird uns rammen!«

»Hart backbord!«, brüllte Maat John zum Steuermann. Der drehte das Steuerrad mit Schwung nach rechts. Das Schiff reagierte sofort und kippte zur Seite. Ein Schrei ließ die Mannschaft nach oben sehen. Tim hatte sich bei der scharfen Rechtsdrehung des Schiffes mit dem linken Fuß im Tau unterhalb des Rahsegels verwickelt. Kopfüber baumelte er hilflos in der Luft. Entsetzt starrte Opa James zu seinem Enkel hoch. »Tim! Halt dich fest! Ich hole dich runter!«

Ohne zu überlegen, rannte James zur Takelage und schwang sich auf die erste Sprosse.

Rosie, die alleine und unbeachtet an der Längsseite des Schiffes gestanden hatte, spurtete los und drängte sich an James vorbei. »Aus dem Weg«, zischte sie. Schnell und mit sicheren Griffen stieg sie immer höher.

Tim versuchte verzweifelt, seinen Fuß aus dem Tau zu befreien. Vergeblich. Der Wind blies die Segel jetzt stärker auf, er fühlte den schwankenden, endlosen Abgrund, der sich unter ihm auftat. Ihm war übel und elend. Alles drehte sich. Tränen liefen ihm über die Stirn. Was für ein Mist!

Rosie war nur noch wenige Meter unter ihm, gleich hatte sie es geschafft. Hoffentlich hielt der Steuermann das Schiff ruhig auf Kurs! Endlich! Rosie griff nach seinem Fuß. Ihr Kopftuch flatterte im Wind und sie funkelte Tim wütend an. »Was bist du nur für eine blöde Landratte, kannst nicht mal einen Mast hochklettern. Und dann noch heulen!«

Doch in diesem Moment war ihm Rosies Gekeife egal. Er presste seinen Körper gegen die Takelage und krallte sich mit beiden Händen am Tau fest, während Rosie seinen Fuß befreite. Endlich konnte er ihn wieder bewegen. Mit einer letzten Kraftanstrengung hangelte Tim sich wieder in eine senkrechte Position. Er verharrte einen Augenblick, dann rutschte er langsam hinter Rosie die Takelage hinunter. Seine Beine waren ein einziger Wackelpudding und als er auf Deck ankam, konnte er kaum stehen. Opa James war ganz blass unter seiner braungebrannten Haut, erleichtert schloss er seinen Enkel in die Arme. Maat John klopfte Tim auf die Schulter. »Glück gehabt, Kleiner«, murmelte er.

Rosie verschwand wutschnaubend hinter ihrer Kajütentür. Aber Tim war in diesem Moment viel zu erschöpft, um sich darüber Gedanken zu machen.

Simon Hawke und Dick Morgan standen abseits der Mannschaft, von wo aus sie die Rettungsaktion beobachtet hatten, beide verzogen keine Miene.

In der darauffolgenden Nacht konnte Tim nicht einschlafen. Der Kampf gegen seine Höhenangst hatte ihn aufgewühlt und tausend Fragen gingen ihm durch den Kopf. Warum war Rosi so wütend auf ihn? Warum hatte sie ihn überhaupt gerettet? Langsam dämmerte Tim, dass er ihr vielleicht doch nicht so egal war, wie sie immer tat. Vielleicht war sie sogar ganz froh, einen Gleichaltrigen an Bord zu haben, auch wenn es bloß eine *blöde Landratte* war.

Rosie hatte ihn keines Blickes mehr gewürdigt und sich wortlos in ihr Bett verkrochen. Sie schlief bereits, als er sich vorsichtig von oben herunterhangelte. Durch den Lüftungsschlitz der Tür schien Licht. Es war Vollmond. Tim öffnete die Kajütentür leise und spähte hinaus. Das Deck war hell beleuchtet, niemand war zu sehen. Nur Steuermann Jack stand am anderen Ende des Decks und hielt das wuchtige Rad fest mit seinen Armen umklammert. Sägende Geräusche drangen aus dem Schiffsbauch. Es hörte sich an wie Raubtiere, die nur darauf warteten, endlich aus ihrem Käfig herausgelassen zu werden. Käptn Kidd hatte zum Abendessen ein zusätzliches Fass Rum ausgegeben und jetzt schnarchte die Piratenbande um die Wette!

Der Sternenteppich des Südseehimmels funkelte. Tim ging ein paar Schritte übers Deck. Die Nacht war lauwarm, tief sog er die klare Meeresluft ein. Wie spät mochte es sein? Er wagte nicht, sein Pettersonphone herauszuholen aus Angst, jemand könnte ihn dabei beobachten. Tim dachte an sein Zuhause in Billford. Würden sie es schaffen, in den nächsten Tagen die Rückreise anzutreten? Hawke die Zeitkugel wegzunehmen schien nahezu unmöglich. Wie sollten sie das anstellen? Hawke hatte die Kugel immer in seiner Umhängetasche dabei, egal ob er tagsüber an Deck arbeitete oder in seiner Hängematte schlief. Dick Morgan, sein Assistent, hing wie eine Klette an ihm. Tim schlenderte zur Reling, lehnte sich darüber und starrte in den glitzernden Ozean unter ihm.

Plötzlich spürte er einen Stock auf seiner Schulter. Erschrocken fuhr er herum und sah in die grinsenden Gesichter von Hawke und Morgan. Hawkes Gesicht leuchtete im Mondlicht. »Timmy, was für eine Überraschung. So spät noch unterwegs?« Die beiden hatten sich so vor Tim gestellt, dass er nicht weglaufen konnte. Hawkes schmale Lippen verzogen sich zu einem gemeinen Grinsen. Auch Morgan schien Spaß daran zu haben, Tim Angst einzujagen.

»Lassen Sie mich in Ruhe, Mister Hawke, sonst rufe ich den Steuermann!«

Hawke lachte leise. »Den kannst du lange rufen. Der ist genauso besoffen wie der Rest der Mannschaft.«

Tim sah zum Steuermann herüber. Hawke hatte recht. Jack lag mehr auf dem riesigen Holzrad, als dass er stand. Durch die schaukelnden Bewegungen des Schiffes wackelte Jacks Körper hin und her. Tim ließ seinen Blick hektisch über das Deck schweifen. Ausnahmsweise wäre er jetzt mal froh gewesen, einen der Piraten zu sehen.

Hawke beugte sich zu Tim herunter und packte ihn mit beiden Händen an den Schultern. »Und jetzt hör mir mal genau zu.«

Tim sah in kristallblaue Augen, die ihn kalt anstarrten. Was wollte Hawke von ihm?

»Ich habe da ein kleines Problem und ich glaube, du kannst mir dabei helfen.« Hawke zog eine schwarze Pistole aus seinem Ledermantel. Hawke war bewaffnet! »Ganz ruhig, mein Kleiner, dir passiert nichts, wenn du dich an meine Anweisungen hältst.«

Tim schluckte schwer. »Was wollen Sie von mir?!«

»Die Schatzkarte, die ich von James ... sagen wir mal geliehen habe, ist leider nicht ganz vollständig. Kidd hat das Original in seiner Kajüte und das hätte ich gerne.« Ein schmieriges Lächeln zog sich über Hawkes Gesicht. »Du bringst dem Käptn doch jeden Tag seinen Tee, oder?«

Eiskalt lief es Tim den Rücken herunter, als ihm klar wurde, was Hawke von ihm verlangte. Wie zufällig zeigte der Pistolenlauf jetzt auf Tims Herz. »Ich sehe, du hast mich verstanden, oder?«

Tim nickte nur. Klar hatte er ihn verstanden, aber würde er wirklich versuchen, den Käptn zu beklauen? Wenn der ihn dabei erwischen würde, wäre er Haifutter.

»Und jetzt verschwinde in deine Kajüte!«

Das brauchte Hawke ihm nicht zweimal zu sagen. Schnell drückte er sich an den beiden vorbei und war heilfroh, als er wieder in seiner Koje lag. Was für üble Gestalten! Was sollte er jetzt machen?! Mit seinem Großvater darüber sprechen? Dann würde der die Gefahr auf sich nehmen und selber versuchen wollen, die Schatzkarte an sich zu bringen, das wollte Tim nicht riskieren. Vielleicht würde sich ja ein geeigneter Moment finden, in dem der Käptn nicht in seiner Kajüte war. Tim musste abwarten, Hawke würde ihn ja nicht gleich übermorgen erschießen, schließlich brauchte er ihn noch. Mit diesem halbwegs beruhigenden Gedanken fiel Tim in einen traumlosen Schlaf.

Die Tage zogen sich dahin. Eine Flaute sorgte dafür, dass die Elisabeth nur langsam vorankam. Die Sonne brannte vom Himmel und ringsherum war nur Wasser, nichts als Wasser. Von einer Insel war immer noch nichts zu sehen. Tim hatte sich inzwischen an das harte Leben auf See gewöhnt. Die Schiffsknoten beherrschte er fast perfekt und das stundenlange Schrubben des Decks verursachte keine Blasen mehr an seinen Händen. Tagsüber waren die meisten Piraten eigentlich ganz verträglich, es sei denn, sie hatten schlechte Laune oder zu viel Rum getrunken. Dann ging Tim ihnen nach Möglichkeit aus dem Weg. Nur an Rosies grantigem Verhalten ihm gegenüber hatte sich nichts geändert. Er konnte ihr nichts recht machen. Tim versuchte deshalb, sie soweit es ging einfach zu ignorieren.

Eines Abends ging Tim nach dem Essen, das Billy und James wie immer auf dem Mitteldeck an die Mannschaft verteilt hatten, zur Kajüte zurück. Er fror und wollte seine Jacke holen. Das Wetter änderte sich. Nach vielen heißen Tagen würde etwas Regen hoffentlich für erfrischende Abkühlung sorgen. Tim wunderte sich, dass Rosie nicht zum Essen erschienen war. Hatte sie keinen Hunger? Vermutlich war sie bereits in ihrer Koje. Zaghaft klopfte er an die Tür. Ein paar Mal war er schon hineingeplatzt, als Rosie in Unterwäsche vor ihrem Bett stand. Rosie, wild wie eine Raubkatze, warf dann alles, was sie zu fassen bekam, nach ihm. Er drückte ein Ohr an die Holztür und vernahm ein schwaches Schluchzen. Langsam öffnete er die Tür und trat in die schummrige Kammer. Es war bereits dunkel, aber Rosie hatte die stinkende Öllampe, die neben ihrem Bett stand, noch nicht angezündet. Sie lag zusammengerollt auf ihrem Bett. Tim konnte nur ihren Rücken und ihre Beine sehen. Den Kopf hatte sie tief in ihren Armen vergraben. Der lange Zopf hing zur Seite herunter und reichte fast bis auf den Boden.

Tim drückte leise die Tür hinter sich zu.

»Rosie?« Mehr fiel ihm in dem Moment nicht ein.

»Hau ab!«, fauchte Rosie mit tränenerstickter Stimme.

Ihre Reaktion überraschte ihn nicht besonders. Zögernd ging er näher. Aber was sollte er tun? Weinende Mädchen waren nicht gerade sein Spezialgebiet. Und schon gar nicht, wenn es sich dabei um die Tochter von Bill dem Schrecklichen handelte. Tim drehte sich um und zog die Kajütentür wieder auf.

»Bleib gefälligst hier!«

Was denn nun? Verwundert sah sich Tim um. Hatte er richtig gehört? Rosies Gesicht lag noch immer auf ihren Armen. Sollte er in seine Koje hochklettern oder einfach stehenbleiben? Kurzerhand setzte er sich auf den Rand von Rosies Bett – bereit, im nächsten Moment aufzuspringen, sollte sie ihre Krallen ausfahren.

Rosie schluchzte heftiger.

»Was ist passiert? Tut dir was weh? Kann ich dir irgendwie helfen?«

Rosies Kopf bewegte sich ein paar Mal nach links und rechts.

Tim fühlte sich hilflos und wäre am liebsten wieder an Deck gegangen. Er kannte nur die Rosie, die ihn ständig herumkommandierte und oft genug zum Gespött der Mannschaft gemacht hatte. Jetzt lag sie heulend auf ihrem Bett und er wusste nicht, was er machen sollte.

Plötzlich hob Rosie ihren Kopf und sah ihn an. Wie ihr verheultes Gesicht aussah, konnte Tim nur vermuten, so dunkel war es.

»Ich will nach Hause.« Rosies Worte klangen brüchig. Sie musste schon viel geweint haben.

Tim stutzte. »Aber hier ist doch dein Zuhause.« Rosie gehörte doch hierhin auf das Schiff, aufs Meer. Aber als einziges Mädchen unter Piraten? Wenn Tim so darüber nachdachte, war das natürlich eher ungewöhnlich. Was war mit ihrer Mutter? Und bevor er überlegen konnte, ob es wirklich schlau war, sie danach zu fragen, rutschte ihm heraus: »Wo ist denn deine Mutter?«

Rosie funkelte ihn an. »Sie ist tot! Gestorben am Fieber. Und mein Vater hat mich einfach mitgenommen.«

»Aber was hätte er denn sonst tun sollen?«

»Ich wollte bei meiner Tante bleiben. Was soll ich denn hier so alleine?!« Sie wischte sich mit dem Ärmel übers Gesicht. »Alle meine Cousinen sind in Southbay und meine Freundinnen ...« Jetzt liefen ihr wieder die Tränen herunter.

Tim dachte an seine Familie und plötzlich wurde ihm ganz schwer ums Herz. Vor lauter Arbeit hatte er nicht viel Zeit gehabt an Zuhause zu denken, aber jetzt vermisste er sogar seine Schwester Gwen.

»Was ist mit dir?« Rosie sah Tim forschend an. »Hast du kein Zuhause? Vermisst du deine Freunde nicht?«

Tim überlegte. Hatte er überhaupt Freunde? David und Nick? Wohl kaum.

»Also, was ist!« Rosies Stimme hatte schon wieder diesen scharfen Ton. »Oder hast du gar keine Freunde?«

Tim starrte auf den dunklen Holzboden. Darüber hatte er sich noch nie Gedanken gemacht. Seine Mam wollte zwar immer, dass er sich mit gleichaltrigen Jungs traf, aber er hatte meistens keine Lust dazu.

»Was ist jetzt, hast du oder hast du nicht?«, fragte Rosie ungeduldig.

Tim fühlte sich in die Ecke gedrängt. »Ich weiß nicht!«, murmelte er.

»Das weiß doch jeder!« Rosies Stimme wurde zornig. Nach einer Pause fragte sie: »Oder gibt es dort, wo du herkommst, keine anderen Kinder?«

»Na klar, jede Menge«, antwortete Tim.

Rosie schnaubte verächtlich. »Dann will wohl niemand mit dir befreundet sein, was?«

Tim schluckte. »Vielleicht«, war das einzige, was ihm dazu einfiel. Danach war minutenlang nur das Rauschen des Meeres zu hören.

»Dann haben wir ja doch mehr gemeinsam, als ich dachte«, murmelte Rosie und drehte sich mit dem Gesicht zur Wand.

Tim seufzte. Das bedeutete wohl, dass das Gespräch beendet war. Immerhin hatten sie sich überhaupt einmal unterhalten und wenigstens wusste er jetzt, warum das Mädchen immer so schlechte Laune hatte.

Tim kletterte nach oben auf seine Pritsche und rollte sich unter der dünnen Decke zusammen. Aber er lag noch lange wach, das Gespräch mit Rosie beschäftigte ihn und er überlegte, ob er wohl jemals seine Heimat und seine Familie wiedersehen würde.

Im Auge des Taifuns

Am nächsten Morgen war aus dem strahlend blauen Himmel eine schwere graue Masse geworden, die tief über dem Tropenmeer hing. Die Wellen schlugen hart gegen den Bug der Elisabeth, die mit aufgeblähten Segeln durch das Wasser pflügte. Der Schoner steuerte direkt auf eine schwarze Wolkenwand zu und wurde von den ersten Sturmböen erfasst. Die Männer spannten Taue über das Deck, um sich daran entlanghangeln zu können, wenn sie von einem Ende des Schiffes zum anderen mussten. Vorne am Bug hatte sich Steuermann Jack an das hölzerne Rad gebunden und starrte mit zusammengekniffenen Augen dem Taifun entgegen, der auf sie zukam. Käptn Kidd wollte den Sturm für eine noch schnellere Fahrt nutzen und ließ alle Segel setzen. Durch die tagelange Windstille hatten sie viel Zeit verloren. Maat John versuchte Käptn Kidd umzustimmen, er befürchtete größere Beschädigungen des Schiffes. Vergeblich. Wenn Käptn Kidd einen Befehl gegeben hatte, dann galt dieser und wenn zehn Taifune vor ihnen lagen. Die ersten Blitze schlugen ins Meer. Die Elisabeth tauchte tief in die haushohen Wellen ab. Gischt spritzte schäumend aufs Deck. Als sich Käptn Kidd dann doch entschloss, die Segel einholen zu lassen, war es zu spät. Ein Blitz schlug in den Besanmast ein und brach ihn wie ein Streichholz. Krachend knallte er aufs Hinterdeck. Zum Glück wurde niemand getroffen. Fast alle Segel fielen eines nach dem anderen dem Sturm zum Opfer, der Wind riss sie in Fetzen und zerrte sie von den Tauen. Selbst für hartgesottene Piraten war es jetzt zu gefährlich, die Wanten hochzuklettern, um sie einzuholen.

Der Sturm brauste mit wütendem Gebrüll über die Elisabeth hinweg. Tim und Rosie mussten auf Befehl von Käptn Kidd in ihrer Kajüte bleiben. Bei so einem starken Sturm war der Aufenthalt an Deck lebensgefährlich. Schweigend kauerten sie auf Rosies Bett und klammerten sich an den Pfosten fest, um nicht durch die Kajüte zu kugeln. Als die Schiffsbewegungen besonders heftig waren, fassten sie sich an der Hand und fingen an zu beten. Dabei konnten sie ihre eigenen Worte kaum hören, solch einen Höllenlärm machte der Taifun. Als das Tosen ein wenig abebbte, zog Rosie sofort ihre Hand von Tim weg. Nach endlosen vier Stunden wurde die See endlich wieder glatt.

Am nächsten Morgen glich das Deck der Elisabeth einem Trümmerfeld. Der herabgestürzte Mast hatte Teile der Reling zerstört und einige Deckplanken durchschlagen. Das, was von den Segeln noch übrig war, hing zerfetzt herunter. Die tobenden Wellen hatten auch mehrere Geschützpforten der Kanonen abgebrochen. Maat John war stinksauer auf Käptn Kidd, der die Aufforderung zum Segeleinholen viel zu spät gegeben hatte. Übellaunig nahm er jetzt die Befehle von seinem Kapitän entgegen, der das Schiff möglichst schnell wieder fahrtüchtig haben wollte. Der Schiffszimmermann hatte alle Hände voll zu tun. Er scheuchte die Piraten von Luv nach Lee und den ganzen Tag über hörte Tim es hämmern und sägen. Ein kleiner Teil der Segel konnte notdürftig geflickt werden, aber die meisten waren unbrauchbar geworden. Die Elisabeth würde auf ihrer Reise nicht mehr so schnell fahren können. Bald verbreitete sich eine Schreckensnachricht wie ein Lauffeuer: Ein Mann war im Sturm über Bord gegangen – der Küchenchef, Billy the Pancake! Er war nicht mehr aufzufinden. Vermutlich war er während des Taifuns betrunken über Deck gegangen. Käptn Kidd ernannte daraufhin James Grant zum Chefkoch.

Tim sollte dem frischgebackenen Smutje helfen, die Kombüse wieder auf Vordermann zu bringen. Beide schrubbten und bohnerten Boden und Schränke, bis James meinte, dass es jetzt genug sei. Es war schon spät am Nachmittag, also setzte Tim schnell den Tee für Käptn Kidd auf und machte sich dann mit der dampfenden Tasse auf den Weg zur Kapitänskajüte. Er brauchte gar nicht anzuklopfen, denn er hörte den Käptn noch an Deck herumbrüllen. Es ging ihm alles zu langsam.

Tim sah sich hektisch um. Das war *die* Gelegenheit und wahrscheinlich auch seine einzige, bevor sie die Insel erreichen würden. Er schlüpfte durch die Tür und stellte den Tee auf dem Holztisch ab, auf dem wie immer das Logbuch und verschiedene Seekarten ausgebreitet lagen. Vorsichtig blätterte Tim durch die Pergamentpapiere. Die Schatzkarte war nicht dabei. Er holte tief Luft, sein Herz pochte bis zum Hals, als er vorsichtig eine Schublade nach der anderen aufzog und durchsuchte. Da war sie! In der letzten Schublade lag eine Rolle Pergament, die, als er sie aufrollte, die gleiche Insel zeigte, wie die Karte, die bei Opa James an der Wand gehangen hatte – die Insel mit der Form eines Totenkopfes! Tim huschte zur Tür und lauschte. Oben schallte immer noch Kidds Stimme über das Schiff. Hastig rollte er die Karte auf und klemmte die Seiten unter Logbuch und Sextant. Dann nahm er das erstbeste leere Blatt, das er finden konnte. Oben hatte Kidd bereits den Reisebeginn notiert: *Elisabeth I., ausgelaufen am 3. August 1690.* Schnell griff er nach der Feder. Es war etwas schwierig, da er die Feder immer wieder in das Tintenfass tauchen musste, aber bald hatte Tim den Bogen raus und zeichnete die Schatzkarte so genau wie möglich ab. Er war so vertieft in die Arbeit, dass er die Schritte vor der Tür viel zu spät hörte. Erst die Stimme, die »Käptn!« brüllte, drang zu ihm vor. Die Schritte stoppten und Kidd stritt sich kurz mit seinem Maat. Das war Tims Rettung! In Windeseile rollte er die Schatzkarte wieder zusammen, verstaute sie in der Schublade, legte die Feder zurück, schloss das Tintenfass und versteckte sich mit seiner Zeichnung hinter dem Schrank. Nicht gerade das beste Versteck, aber das einzige in dieser engen Kajüte. Als Kidd den Raum betrat, zitterten Tims Beine so sehr, dass er meinte, sie würden gleich unter seinem Gewicht zusammenbrechen.

Tim konnte hören, wie Kidd eine Flasche aufschraubte, danach ein Gluckern und Schlürfen. Es klopfte an der Tür.

»Was zum Donnerwetter …«, schnaubte der Piratenkapitän und riss die Tür auf.

Tim konnte nicht verstehen, was die Männer sprachen, aber das Wichtigste für ihn war, dass Kidd daraufhin seine Kajüte wutschnaubend verließ und an Deck rannte. Sobald er weg war, schlich Tim hinterher, die Karte hatte er in seinen Hosenbund geschoben. Er hatte keine Nerven mehr, sie fertig zu zeichnen.

Als Tim zurück zu Opa James in die Kombüse kam, war dieser genauso verstört wie Tim selber. »Komm rein und mach schnell die Tür zu. Es ist etwas Furchtbares passiert! Die Kugel ist weg!«

Tim starrte seinen Großvater entsetzt an. »Wie meinst du das – weg?! Wo hast du deine Spezialtasche?«

James fuchtelte mit den Armen und stampfte auf den schmierigen Küchenboden. »Tim, verstehst du denn nicht? Es ist alles weg! Vielleicht hatte Billy die Tasche genommen, bevor er über Bord gegangen ist!«

Langsam begriff Tim die Tragweite des Ganzen und ließ sich auf Billys Pritsche fallen. »Das bedeutet, es gibt nur noch eine einzige Chance nach Hause zu kommen …«

»Wir müssen uns einfach an unseren Plan halten und Hawke seine Zeitkugel abnehmen«, James versuchte seiner Stimme einen festen Klang zu geben, »die können wir dann für die Rückreise nutzen!«

»Aber an die müssen wir erst einmal rankommen«, flüsterte Tim. »Und Hawke ist bewaffnet!«

Sein Großvater riss die Augen auf. »Woher weißt du das?«

»Ich habe Hawke und Morgan nachts auf Deck getroffen.«

»Wann denn? Warum hast du mir nichts davon erzählt? Was wollte der Schuft von dir?«

Tim druckste ein bisschen herum, aber dann erzählte er, dass Hawke von ihm verlangt hatte, Kidd die Originalkarte zu stehlen und dass er gerade versucht hatte, sie zu kopieren. James war verärgert, dass Tim erst jetzt damit herausrückte und vor allem, dass er sich in solch eine Gefahr gebracht hatte. Wenn Kidd ihn in der Kajüte erwischt hätte, er hätte ihn wahrscheinlich vierteilen lassen. Dann schüttelte er den Kopf. »Aber dass der Kerl eine Waffe hat, macht die Sache nicht gerade leichter für uns ...«

Die beiden überlegten fieberhaft, wie sie es schaffen konnten, Hawke die Zeitkugel abzujagen. Es musste einfach eine Möglichkeit geben! Ihnen lief die Zeit davon, denn auch Hawkes Kugel konnte nur hundert Tage lang für einen Rücktransport aktiviert werden.

Am nächsten Morgen wurde Tim vom lauten Kreischen eines Vogels geweckt. Sofort war er hellwach, denn eine Vogelstimme hatte er schon wochenlang nicht mehr gehört. Kurz darauf ertönte der lang ersehnte Ausruf: »Land in Sicht!«

Die gesamte Mannschaft stürmte zur Vorderseite des Schiffes. Wer stolperte, hatte Pech und musste warten, bis alle über ihn hinweggestiegen waren. Die großen schwarzen Fregattvögel, die neben dem Schiff flogen, waren der Beweis, dass tatsächlich Land vor ihnen lag und sich keine Fata Morgana aufgetan hatte. Aus einer weißen Nebelglocke ragten Felsen und grüne bewaldete Hügel hervor. Langsam näherte sich die Elisabeth der Insel. Im Wasser entdeckte Tim vier Delfine, die wie zur Begrüßung mit akrobatischen Sprüngen das Schiff umrundeten. Der Dreimaster tauchte in den Nebelschleier ein, der sich allmählich lichtete. Tim kam es vor wie ein Paradies, das seine Türen für sie öffnete. Und wirklich, so etwas Schönes hatte er noch nie gesehen! Auf der Insel schossen riesige Wasserfälle an felsigen Steilwänden hinunter. Die Buchten waren gesäumt von Kokospalmen. Tim konnte sich nicht sattsehen an dem prächtigen Bild. Türkisfarbenes Wasser, weiße Strände, grüne Hügel und Felsen, Hänge, die mit dichtem Urwald überzogen waren und riesige bunte Vogelschwärme, die kreischend zwischen der Insel und den vorgelagerten Felsen flatterten.

Das Piratenschiff fuhr langsam an der Küste entlang. Tim beobachtete den Käptn, der bei Steuermann Jack stand und ihm Kommandos gab, scheinbar wusste er genau, wie das Schiff durch die steil aus dem Wasser herausragenden Felsen manövriert werden musste.

Die Mannschaft wurde langsam ungehalten. Seit über drei Monaten hatten sie kein Land mehr gesehen. Bei den letzten Fahrten hatten sie spanische Handelsschiffe überfallen und Gold, Kleidung und Nahrungsmittel erbeutet. Diesmal aber waren die dreißig Kanonen der Elisabeth kalt geblieben. Maat John trat plötzlich vor die Mannschaft. Tim zupfte seinen Großvater am Ärmel und deutete zu John hinüber. Auch Käptn Kidd beobachtete die Bewegungen seines ersten Offiziers genau.

»Männer! Wir sind bald hundert Tage auf See. Hundert Tage! Und fast wären wir alle draufgegangen!« Er sah auffordernd in die Runde und die Piraten murrten zustimmend. »Kein einziges Handelsschiff hat unseren Weg gekreuzt, kein einziger Überfall! Ich finde, wir haben lange genug gewartet. Der Käptn soll endlich die Katze aus dem Sack lassen und uns sagen, warum wir den weiten Weg hierher gemacht haben!«

Die Männer unterstützten Johns Forderung mit lautem Gejohle.

»Was hat der Maat vor?«, fragte Tim seinen Großvater leise.

James zuckte nur mit den Schultern.

Käptn Kidd, der der Ansprache teilnahmslos zugehört hatte, hob seinen rechten Arm, um die Mannschaft zum Schweigen zu bringen. Augenblicklich war nur noch das Kreischen der Möwen zu hören. Langsam schritt er die Reihe der angetretenen Seeleute ab und sah jedem einzelnen scharf in die Augen. »Aber sicher, mein lieber John, so war es zwischen uns abgemacht. Natürlich sollt ihr erfahren, warum wir hier sind. Ich hatte euch versprochen, es zu sagen, wenn der Zeitpunkt gekommen ist. Und jetzt ist es soweit!« Die Piraten klatschten und gröhlten begeistert. Maat John sah kritisch auf seine Kameraden. Käptn Kidd hob wieder die Hand. Die Männer hingen förmlich an seinen Lippen. Kidd zog genüsslich an seinen Bartzöpfen. Mit geheimnisvoller Miene fuhr er fort. »Wie ihr sicher schon bemerkt habt«, er deutete mit einer ausholenden Armbewegung auf das Land vor ihnen, »sind wir hier auf eine schöne, kleine Insel gestoßen. Und das Beste an dieser Insel ist, dass ich sie wie meine Westentasche kenne!«

Ein Raunen ging durch die Mannschaft.

»Vor zehn Jahren war ich schon einmal hier, als Kapitän der Gloria. Damals hatten wir viel Gold von den Spaniern erbeutet und befanden uns auf der Rückfahrt. Aber wir kamen in einen grässlichen Sturm, der Taifun vor ein paar Tagen war nichts dagegen. Da uns zudem noch drei spanische Schiffe verfolgten, hielt ich es für sicherer, den Goldschatz hier auf dieser Insel zu verstecken.«

Die Piraten hatten während Kidds Rede immer größere Augen bekommen, der Mund stand ihnen offen. Das Wort *Goldschatz* verfehlte seine Wirkung nicht.

»Und, Männer, jetzt will ich mir den Schatz zurückholen!«

Danach gab es kein Halten mehr unter den Piraten. Sie hüpften und sprangen über das Deck und tanzten wie Kinder beim Geburtstag untergehakt um den Großmasten. *Gold! Gold! Gold!* Tim erwartete jeden Augenblick, dass sie ihr gruseliges Lied sangen. Aber sie riefen nur noch das eine Wort: *Gold!*

Der Mannschaft stand ein Teil des Schatzes zu, jedes Besatzungsmitglied hatte das Recht auf seinen Anteil. Es gab genaue Regeln, wie Käptn Kidd die Beute zu verteilen hatte. Und wehe, es wurde geschummelt! Dann gab es Mord und Totschlag!

Auch Hawke und Morgan standen an der Reling und starrten wie berauscht auf das vor ihnen liegende Eiland. Gierig schweifte Hawkes Blick von einer Bucht in die nächste.

James wollte das Durcheinander auf dem Schiff nutzen, gab Tim ein Zeichen und trat von hinten an Hawke heran. Aber Hawke drehte sich blitzschnell um und seine rechte Hand griff dabei in die Manteltasche. Verächtlich sah der fast zwei Köpfe größere Hawke auf seinen ehemaligen Arbeitskollegen herunter. Drei Jahre hatten die beiden kein Wort mehr miteinander gesprochen. Hawke starrte James an wie eine Schlange, die ein Kaninchen fixiert, bevor sie es verschlingt. Das Gespräch war kurz und endete damit, dass Hawke James den Rücken zudrehte und wieder zur Insel schaute.

Wutschnaubend kam James zu Tim zurück, zog ihn in die Kombüse und knallte die klapprige Holztür hinter ihnen zu. »Der Mistkerl verlangt von uns, dass wir ihm helfen zum Schatz zu kommen und das Gold in die Zukunft zu transportieren«, zischte er aufgebracht. »Nur dann ist er bereit uns mitzunehmen.«

»Hast du Hawke etwa verraten, dass wir alle nur noch mit seiner Kugel zurückreisen können?!«, fragte Tim entgeistert.

Opa James biss die Zähne zusammen. »Er wusste es schon. Er wusste, dass unsere Zeitkugel weg ist, was nur bedeuten kann, dass er oder Morgan sie in Meer geschmissen haben und nicht Billy!«

Tim war fassungslos. »Also hat er dir zum zweiten Mal eine Zeitkugel gestohlen!«

»Und ich habe nichts gemerkt!«, rief Opa James erzürnt, während er unruhig in der kleinen Kombüse auf und ab lief.

»Und was machen wir jetzt?«, fragte Tim leise.

»Ich habe dem Deal zugestimmt.«

Tim sah seinen Großvater erstaunt an. »Du hast *was* gemacht?!«

»Wir helfen Hawke, so viel Gold wie möglich in unsere Zeit zu bringen, dafür, dass er uns mit zurücknimmt.«

»Aber weiß er denn jetzt, wo genau der Schatz liegt?«, fragte Tim.

James schnaubte. »Nein, ihm fehlt immer noch die Originalkarte!« Dabei sah er seinem Enkel verzweifelt in die Augen. »Leider sind wir auf ihn angewiesen, freiwillig wird der uns niemals mitnehmen.«

Tim starrte seinen Großvater nachdenklich an. Sie hatten nur noch einen Tag Zeit! Die Elisabeth schob sich langsam in eine große Bucht.

11. Kapitel

Selfie mit Rosie

Die rostige Kette rasselte laut und dann platschte der Anker in das türkisfarbene Wasser. Die Elisabeth hatte zwei kleine Ruderboote an Bord, auf denen jeweils sechs Personen Platz fanden. Käptn Kidd gab den Befehl, dass zwölf Männer die beiden Boote besetzen sollten. Er hatte dabei aber nicht mit der unbändigen Ungeduld seiner Mannschaft gerechnet. Die Männer konnten sich nicht einigen, wer zuerst in die Boote durfte. Alle brüllten herum und rangelten um die Plätze in den Ruderbooten. Zwei Piraten stürzten sich aufeinander und wälzten sich prügelnd über das Deck. Bei dem Ansturm auf die Boote rutschte eines aus der Aufhängung und fiel mit der Spitze voraus ins Meer. Käptn Kidd und Maat John gaben mit ihren Pistolen einen Warnschuss in die Luft ab. Die Männer zuckten zusammen und hielten inne. Maat John bestimmte kurzerhand die sechs Seeleute, die als Erste zur Insel rudern durften.

Das Schiff ankerte in einer sichelförmigen Bucht, in der starker Wellengang herrschte. Geschickt ruderten die Piraten unter den gespannten Blicken der restlichen Mannschaft zwischen den steil aus dem Wasser herausragenden Felsen hindurch. Als das Boot endlich den Strand erreicht hatte, jubelte die Crew wie von Sinnen. Bei der letzten Überfahrt saßen schließlich Tim und Opa James zusammen mit Hawke und Morgan im Boot. Tim versuchte den Blicken von Hawke auszuweichen und konzentrierte sich aufs Rudern. Maat John steuerte sie sicher zum Strand. Erleichtert kletterte Tim aus der wackligen Nussschale und war froh, der Nähe von Hawke und Morgan zu entkommen. Käptn Kidd hatte einen Mann als Wachposten auf der Elisabeth zurückgelassen, der Rest der Mannschaft stürmte jetzt über den Strand.

Vor ihnen lag ein dichter Dschungel, der sich bis auf die steilen Hänge erstreckte. Die Piraten rannten auf dem Strand hin und her und führten übermütige Freudentänze auf. Drei Männer kletterten auf die Kokospalmen, die wie an einer Perlenkette aufgereiht entlang des Strandes wuchsen. Käptn Kidd sah sich die Ausgelassenheit seiner Mannschaft nicht lange an. Er gab einigen

Piraten den Befehl, die leeren Wasserfässer der Elisabeth aufzufüllen und beschrieb ihnen den Weg zu einer Süßwasserquelle. Die anderen Männer mussten ein Lager mit Feuerstelle und Schlafplätzen bauen. Tim und Rosie sammelten Treibholz und stapelten es neben dem lodernden Lagerfeuer. Da James der einzige Koch war, bekam er ein paar Männer zugeteilt, die sich nach etwas Essbarem umsehen sollten. Sie kamen bald darauf mit fünf großen Wasserschildkröten zurück, die sie am Strand gefangen hatten. Tim spürte ein flaues Gefühl im Magen, als die Piraten die Schildkröten mit ihren Entermessern zerlegten. Die Fleischstücke reichten sie Opa James, der sie auf Holzspieße steckte und über dem Feuer briet. Hawke und Morgan schleppten aus dem Boot Schaufeln und Hacken herbei. Hawkes gierige Blicke verrieten Tim, dass er am liebsten sofort losgezogen wäre, um nach dem Schatz zu suchen. Doch dafür brauchte er die vollständige Karte!

Das Anlanden auf der Schatzinsel wurde von den Piraten ausgiebig gefeiert. Käptn Kidd hatte das größte Fass Rum öffnen lassen. Die Männer sangen und grölten. Das Schatzfieber hatte sie gepackt. *Gold! Gold! Gold!* Nicht weniger als zehn Mal sangen sie das Lied vom toten Mann und seiner Schatzkiste. Tim war froh, dass Rosie ihm beim

Holzsammeln half, denn bald würde es zu dunkel dafür sein. Seit sie auf der Insel waren, hatte Rosie ihn nicht mehr herumkommandiert. Was Tim betraf, konnte das ruhig so bleiben. Er schleppte einen weiteren Stapel Brennholz zu seinem Großvater ans Lagerfeuer. James lief der Schweiß in Bächen übers Gesicht, kein Wunder bei der Hitze, die das Feuer verbreitete. Die Männer verschlangen die gebratenen Wasserschildkröten mit Genuss. Es wurden noch mal vier Tiere gefangen und zum Lager gebracht. Sie aßen das Fleisch mit Zitronensaft und streuten Salz darauf. Tim musste sich überwinden in das Schildkrötenfleisch zu beißen, aber nachdem er den ersten Brocken zerkaut hatte, war er überzeugt, noch nie etwas Köstlicheres gegessen zu haben! Unglaublich, wie sein Großvater aus dem unansehnlichen Klumpen Fleisch eine herrliche weiße Delikatesse gezaubert hatte, die vom Geschmack her an Hähnchenfleisch erinnerte. Drei Monate lang hatte es auf der Elisabeth nur Fisch, Fisch und nochmals Fisch gegeben. James und Billy hatten oft vergeblich versucht, vom Schiff aus Wasserschildkröten zu fangen. Nicht eine einzige war ihnen ins Netz gegangen.

Über dem Piratenlager hing der Duft von geröstetem Fleisch, verbranntem Holz und Rum. Es dauerte nicht lange, bis die Männer sturzbetrunken waren. Steuermann

Jack konnte seinen Übermut nicht bremsen. Er lief kopfüber auf den Händen über den Sand, bis er stolperte, umfiel und einfach liegenblieb. Kurz darauf schnarchte er laut und vernehmlich. Langsam versank die Sonne wie ein roter Feuerball im Meer.

Opa James' Schnarchen war genauso furchtbar wie das der Piraten. Dreiundzwanzig ausgehungerte Männer zu versorgen war für den Ältesten der Mannschaft Schwerstarbeit gewesen. Jetzt war er komplett erschöpft und sofort in einen tiefen Schlaf gefallen. Tim beobachtete, dass sich Hawke und Morgan mehrere Meter entfernt von den Schlafplätzen der Piraten hinlegten.

Die Nacht hatte sich wie eine schwarze Decke über das Lager ausgebreitet. Nur die Flammen des Lagerfeuers warfen ihr flackerndes Licht auf die Schlafenden. Eine kleine Gestalt kauerte vor dem Feuer. Rosie? Tim setzte sich auf. Aus dem nahen Dschungel waren Geräusche zu hören, die er bisher nur aus dem Londoner Zoo kannte. Nach den langen Wochen auf See war das Gefühl, wieder an Land zu sein, unbeschreiblich, er war so aufgewühlt, dass er nicht einschlafen konnte. Plötzlich legte sich eine Hand auf seine Schulter. Erschrocken fuhr er herum und sah in das Raubvogelgesicht von Hawke, der in die Hocke

ging, um auf Augenhöhe mit Tim zu sein. »Du weißt, Timmy, uns beiden bleibt nicht mehr viel Zeit, um diese schöne Insel gemeinsam genießen zu können.« Hawke flüsterte seine Worte langsam in Tims Ohr. Er kam ihm dabei so nahe, dass Tim seinen fauligen Atem riechen konnte. »Du hast doch unsere Abmachung nicht vergessen, oder? Wir brauchen Kidds Karte, er hat sie in seiner Westentasche. Also, lass dir etwas einfallen, wie du an die Karte kommst! Hast du mich verstanden, Timmy?« Die letzten Worte fauchte Hawke mehr, als dass er sie flüsterte. Mit was für einem Scheusal hatte Opa James da jahrelang zusammengearbeitet!

Hawke stand auf und ging zu seinem Schlafplatz zurück. Tim atmete tief durch und wartete darauf, dass auch der letzte Pirat schnarchte und Rosie sich neben dem Feuer zusammengerollt hatte. Dann ließ er noch ein paar Minuten verstreichen, bis er zu Kidd herüberschlich, der wie ein gestrandeter Wal bäuchlings im Sand lag. Mist! So hatte er keine Möglichkeit, an die Karte zu gelangen.

Also setzte sich Tim neben den schlafenden Piratenkapitän. Er zog die Beine an, umschlang sie mit den Armen und wartete. Er würde so lange warten, bis sich Käptn Kidd auf die Seite drehte, damit er in seine Weste greifen konnte. Tim musste sehr lange warten, immer wieder drohten ihm die Augen zuzufallen, aber dann endlich kam seine Chance. Kidd wälzte sich mit einem Mal auf die Seite, seine Weste klappte auf und gab den Blick auf die Innentasche frei, aus der die Ecke eines Pergamentpapiers ragte. Die Schatzkarte! Tim streckte ganz langsam seine Finger danach aus und begann das Papier Stück für Stück aus der Tasche zu ziehen. Schweiß lief ihm die Stirn herunter. Als er die Karte endlich in den Händen hielt, krabbelte er schnell rückwärts, nur weg von Käptn Kidd! Irgendetwas stoppte ihn abrupt. Erschrocken fuhr Tim herum und starrte auf zwei Hosenbeine. Rosies Gestalt ragte drohend vor ihm auf. Sie hatte die Hände in die Hüften gestemmt und funkelte ihn an. »Also doch! John hat euch die ganze Zeit verdächtigt und er hatte recht. Bin mal gespannt, was mein Vater dazu sagt, dass du ihn beklaut hast.«

Tim sah von Rosie zu der Karte in seiner Hand und wieder zurück. »Es ist nicht so, wie du denkst«, quetschte er heraus.

»Ach ja?« Rosie lächelte höhnisch. »Du hast also nicht gerade die Karte gestohlen?«

»Nein. Doch. Aber nicht, weil ich wollte.« Tim schüttelte den Kopf. So ging das nicht. Rosie hatte nicht sofort

Alarm geschlagen und die Piraten geweckt, er hatte also vielleicht noch eine Chance. Er musste ihr einfach die Wahrheit sagen. Die ganze Wahrheit, vielleicht würde sie dann verstehen.

Und so erzählte Tim Rosie die ganze Geschichte. Von seinem Geburtstag und der bronzefarbenen Kugel, von Opa James' Erfindung und von Hawkes Diebstahl. Und – dass Tim aus einer anderen Zeit kam! Rosies Blick hing an seinen Lippen. Hin und wieder fing sie an zu husten, weil sie vergaß zu schlucken. Sie musste ihn für vollkommen verrückt halten!

»Wovon redest du?! Aus einer anderen Zeit? Es gibt nur *eine* Zeit, und das ist die, in der wir jetzt leben!«

Wortlos zog Tim das Pettersonphone aus der Seitentasche seiner Hose. Er betete, dass der Akku ihn jetzt nicht im Stich ließ! Rosies Augen wurden immer größer. Tim sah sich kurz im Lager um. Nein, von den Piraten würde so bald keiner aufwachen. Das Schnarchen der betrunkenen Männer übertönte inzwischen sogar den Lärm des Dschungels. Das Display mit dem großen *P* leuchtete auf. Gott sei Dank! Tim zeigte Rosie einige Funktionen des Gerätes. Das Telefonieren konnte er ihr natürlich nicht demonstrieren. Zu gern hätte er zu Hause angerufen. Aber wie hätte das funktionieren sollen? Das

Telefon war noch nicht erfunden und schließlich waren seine Eltern im 17. Jahrhundert noch lange nicht geboren! Bei diesem Gedanken wurde ihm ganz schwindelig. Er versuchte Rosie zu erklären, dass man sich erst in gut zweihundert Jahren über größere Entfernungen hinweg unterhalten konnte.

Rosie schaute ungläubig auf die bunten Zeichen auf dem Smartphone. Tim spielte ihr Lieder vor, zeigte Videos und Fotos von seiner Familie. Besonders von Gwen war Rosie fasziniert und wollte die Bilder noch mal sehen. Als Tim von Rosie und sich ein Selfie machte und es ihr dann zeigte, vergrub sie ihr Gesicht in den Händen. Die Kapitänstochter kam aus dem Staunen nicht mehr heraus, traute sich aber nicht, das Gerät anzufassen.

»Du musst keine Angst davor haben, das ist einfach nur Technik«, sagte Tim und steckte das Gerät wieder in seine Tasche.

Nachdem Rosie die Zeitreisegeschichte ein wenig verdaut hatte, erzählte Tim ihr auch noch den Rest. Dass Hawke die Frau seines Opas ermorden wollte, damit es seine Tochter – Tims Mutter – und damit auch ihn – Tim – niemals geben würde. Und dass sie deswegen Hawke und Morgan gefolgt waren, um ihnen die Zeitkugel abzunehmen, jetzt aber von Hawke erpresst wurden und ihm helfen mussten, den Schatz zu stehlen. Er holte tief Luft. »Und nur darum habe ich deinem Vater die Karte gestohlen. Ich hatte keine andere Wahl.« Rosie sah ihn mit aufgerissenen Augen an. Tim wusste ja selber, wie verrückt das alles klang. Er konnte es ihr nicht verübeln, wenn sie ihm nicht glaubte.

Nach langem Zögern hob Rosie ihren Kopf, sah aufs Meer und dann zu Tim. Sie lächelte ihn an. Zum ersten Mal sah er Rosie lächeln! Er versuchte, sie sich in seiner Zeit vorzustellen, in moderner Kleidung. Rosie in Jeans und T-Shirt ohne ihre viel zu großen Pluderhosen und Hemden. Würde sie sich wie Gwen schminken und die Fingernägel lackieren? Oder sich mit Schmuck behängen? Rosie trug jetzt nur einen kleinen silbernen Ohrring und einen blauen Anhänger an ihrem Lederband, das sie immer um den Hals hatte.

Und in diesem Moment kam ihm ein verrückter Gedanke. Sollte er Rosie ein Angebot machen?

Rosie sah Tim forschend an, als versuchte sie in seinem Gesicht zu ergründen, ob er die Wahrheit gesagt hatte. »Eine wirklich unglaubliche Geschichte, Tim. Aber vielleicht stimmt sie ja.«

Tim hätte am liebsten laut gejubelt, so erleichtert war er. Rosie glaubte ihm! Und zum ersten Mal hatte sie ihn mit seinem richtigen Namen angesprochen. Sollte er sie fragen? Er gab sich einen Ruck.

»Komm doch mit«, flüsterte er. »Ich kann dich mit in meine Zeit nehmen, wenn du willst.«

Rosie betrachtete ihn mit großen Augen, dann ließ sie ihren Blick über die schnarchenden Piraten schweifen. An ihrem Vater blieb er kurz hängen, dann schien sie einen Entschluss zu fassen. »Lass uns gehen«, sagte sie und zog Tim hoch, der völlig perplex hinter dem Mädchen herstolperte. Damit hatte er gar nicht gerechnet. Rosie würde mitkommen in seine Welt! War das die richtige Entscheidung? Würde Rosie dort glücklich werden können? Aber Tim hatte keine Zeit mehr sich darüber Gedanken zu machen, denn Rosie schüttete seinem Großvater gerade einen Becher Wasser ins Gesicht. Tim wollte protestieren, aber Rosie legte einen Zeigefinger an ihre Lippen. James wischte sich überrascht das Wasser aus dem Gesicht.

Das Lagerfeuer war inzwischen komplett heruntergebrannt, die Glut leuchtete nur noch schwach im Dunkeln. Tim stellte sich vor seinen Großvater und hielt ihm das zusammengerollte Pergamentpapier vor die Nase. Die Schatzkarte! Triumphierend schwenkte er die vergilbte Rolle vor dessen Gesicht. Er hatte es geschafft! Opa

James schlug ihm begeistert auf die Schulter, dann drängte er mit leiser Stimme zum Aufbruch. Die Piraten schnarchten zwar immer noch um die Wette, aber das würde nicht mehr ewig so bleiben. James schlich zu Hawke und Morgan, um sie zu wecken. Unsanft stieß er mit dem Fuß an die Schlafenden.

In diesem Moment schoben sich die Wolken vom Mond weg und der Lagerplatz wurde hell erleuchtet. Er glich einem Schlachtfeld. Die Piraten lagen kreuz und quer über den ganzen Strand verteilt. James winkte Tim und Rosie zu sich herüber, während Hawke sich seine Tasche über die Schulter hängte. Tim hoffte inständig, dass sich darin ihre Rückfahrkarte in die Gegenwart befand. Die Zeitkugel.

Die fünf verließen das Piratenlager ohne sich noch einmal umzusehen. Im hellen Mondlicht suchte die Truppe den Weg zum Schatz. Morgan machte Hawke Zeichen und schlug sich dann in die Büsche abseits des Weges.

»Was hat Dick vor?«, fragte James leise.

Hawke winkte ab. »Er muss mal. Wir gehen weiter. Dick kommt gleich nach.« Kaum hatte Hawke ausgesprochen, sah Tim einen Mann auf sie zuwanken. Das war nicht Dick Morgan! Es war John, Käptn Kidds erster

Offizier! Verdammt! Warum musste ihnen der Maat ausgerechnet hier und jetzt über den Weg laufen?! War ihre Flucht bereits beendet, bevor sie angefangen hatte? Der Pirat war noch sturzbetrunken, das Geradeauslaufen fiel ihm schwer.

»Na, wer wird denn hier davonfliegen? Unsere Vogelfänger mit dem langen Lulatsch und die Kleine vom Käptn!« Beim letzten Wort musste John dreimal ansetzen, um es verständlich auszusprechen. Er beugte sich zu Rosie hinunter und stupste mit dem Finger gegen ihre Brust. »Das ist Meuterei, meine Süße, da muss ich mit deinem Papa mal ein ernsthaftes Wort spre…« Weiter kam John nicht. Er fiel wie ein gefällter Baum längs auf den staubigen Boden. Dick Morgan stand hinter ihm, seinen Gehstock in der Luft erhoben. Entsetzt starrte Tim zu seinem Großvater. Hatte Morgan den Maat erschlagen? War John tot?

»Der schläft jetzt noch eine Runde länger. Los weiter«, befahl Hawke.

Dick Morgan hatte ihnen das Leben gerettet! Es blieb ihnen nicht mehr viel Zeit bis zum Sonnenaufgang. Dann würde Käptn Kidd den Verrat entdecken und sich unerbittlich an ihre Fersen heften.

Die Wächter des Schatzes

Zwei Stunden liefen die Schatzsucher nun schon durch den dichten tropischen Wald. Die Sonne strahlte bereits wie ein Glutofen vom Himmel. Die meiste Zeit konnten die fünf jedoch im Schatten der fast dreißig Meter hohen Bäume gehen. Lautes Vogelkrächzen begleitete sie auf dem Weg. Tim bewunderte das üppige Pflanzenwachstum und freute sich, als er drei bunte Papageien entdeckte. Vor allem für Dick Morgan aber war es sehr beschwerlich, sich durch die Sträucher und hohen Farne zu kämpfen. Seine Gehbehinderung machte ein schnelleres Vorankommen unmöglich. Hawke trieb Morgan unerbittlich an. Tim tat der bucklige Mann fast leid, auch wenn der ihn im Zug nach Southbay noch furchtbar erschreckt hatte. Aber ohne ihn wären sie jetzt alle wieder Gefangene von Käptn Kidd. Und auf Meuterei und Flucht stand die Todesstrafe … Die Piraten hatten bestimmt inzwischen ihren Rausch ausgeschlafen und bemerkt, dass fünf Leute fehlten. Käptn Kidd tobte sicher vor Wut, dass seine eigene Tochter mit den Gefangenen verschwunden war und würde seine Männer ordentlich auf Trab bringen, um so schnell wie möglich die Verfolgung aufzunehmen. Sie durften ihm unter keinen Umständen in die Hände fallen! Seine Rache würde grausam sein. Auch Rosie würde keine Gnade erwarten können, wenn Kidd erfuhr, dass sie freiwillig mit Tim geflüchtet war.

James hatte die Schatzkarte in der Hand und damit die Führung der kleinen Gruppe übernommen. Bis zu ihrem Ziel, einer Berghöhe in der Inselmitte, war es noch ein gutes Stück zu wandern. Der Weg zum Schatz war auf Kidds Karte deutlich sichtbar eingezeichnet. Jetzt führte sie die Markierung durch einen haushohen Bambuswald. Dicke grüne Stämme standen dicht an dicht. Tim fühlte sich wie in einem Labyrinth ohne Ausgang, er hoffte inständig, dass sein Großvater sie in die richtige Richtung führte. Als sie sich hindurchgekämpft hatten, konnten sie sich wieder am Fluss orientieren, der von der Landungsbucht bis zum Inneren der Insel führen sollte, so war es zumindest auf der Karte eingezeichnet. Die Fließrichtung des Flusses wechselte. Als die fünf das bemerkten, dachten sie erst, sie hätten sich verlaufen. Aber das Strömungswasser der Bucht war so stark, dass der Fluss statt ins Meer an dieser Stelle ins Inselinnere zurückfloss. Tim spürte förmlich den besonderen Zauber dieser Insel.

James war nicht mehr aufzuhalten. Dank seiner langjährigen Judopraxis war er ein durchtrainierter Sportler, der sogar fitter war als der etwas jüngere Hawke. Tim und Rosie hielten mit ihm Schritt. Der Sonnenball stand nun hoch am Himmel. Trotz des Dschungels war die Luft nicht drückend, die Nähe zum Fluss erfrischte. Der Wald war voller bunter Vögel und Tiere, die Geräusche machten, wie Tim sie noch nie gehört hatte. Papagei Coco hätte hier seine helle Freude gehabt! Wie erging es dem Vogel wohl ganz alleine im Walross? Hoffentlich reichten die Futtervorräte aus – und hoffentlich würden sie bald wieder bei ihm sein!

Plötzlich schrie Rosie auf. Zeitgleich flatterten Hunderte von Vögeln aus den Baumkronen. Ein großes, borstiges Schwein schnaubte das Mädchen drohend an, machte dann aber kehrt und verschwand im Unterholz. Auch Tim hatte sich mächtig erschrocken. An das Leben an Land mussten sie sich wohl erst wieder gewöhnen.

»Los, geht endlich weiter«, rief Hawke verärgert. »Wir haben keine Zeit zu verlieren!«

Endlich hatten sie den Bergzug erreicht, auf dessen Gipfel der Schatz versteckt sein sollte. An der felsigen Steilwand, die sicher doppelt so hoch wie die Todes-looping-Achterbahn war, schoss ein Wasserfall in den darunterliegenden Fluss. Bunt schillernde Vögel flogen durch den feinen Wassernebel zu ihren Nistplätzen in den Felsvorsprüngen. Die fünf standen bewegt vor diesem beeindruckenden Naturschauspiel. Selbst Hawke konnte sich dem Zauber nicht entziehen.

Tim sah unauffällig auf sein Pettersonphone und zog seinen Großvater am Ärmel. »Nur noch zwei Stunden und siebundvierzig Minuten!«, flüsterte er. Sein Magen zog sich zusammen, hoffentlich würden sie den Schatz rechtzeitig finden und hoffentlich würde Hawke sie auch mit zurücknehmen, wie er es versprochen hatte. Oder es müsste ihnen irgendwie gelingen, doch noch an die Kugel zu kommen!

Sein Großvater nickte ernst. »Kommt Leute, wir müssen da entlang!«, rief er und marschierte energisch los.

Neben dem Wasserfall führte ein schmaler Weg hinauf zum Gipfel. Dort oben lag also der von so vielen begehrte

Goldschatz! Hätte sich Käptn Kidd kein einfacheres Versteck aussuchen können? Tim versuchte sich vorzustellen, wie die Mannschaft der Gloria vor zehn Jahren die schweren Kisten diesen Berg hochgeschleppt hatte.

Für Dick Morgan war das Weitergehen unmöglich. Der Pfad war zu steil. Hawkes Blicke verrieten, dass er seinen gehbehinderten Assistenten am liebsten in den Abgrund gestoßen hätte.

Als Hawke befahl, weiterzugehen und Dick Morgan hier zurückzulassen, platzte Opa James der Kragen. »Du mieser Verräter! Du allein bist schuld an Dicks Unfall, hast du das etwa vergessen?! Und jetzt soll er hier zurückbleiben, um von Käptn Kidd aufgespießt zu werden?«

»Das hast du richtig erkannt, Grant! Mit Dick schaffen wir es nicht rechtzeitig zum Schatz. Kidd wird bald hier sein.«

James hob beschwichtigend die Hände. »Ich mach dir einen Vorschlag, lass uns jetzt von hier aus in die Gegenwart zurückkehren. Du kannst das Gold sowieso nicht mitnehmen!«

Hawke warf James einen verächtlichen Blick zu. »Glaubst du im Ernst, ich falle auf deine blöden Tricks herein?! Warum sollte ich den Schatz nicht mitnehmen können, he?« Er stand jetzt ganz nah vor Opa James und beugte sich zu ihm herunter. »Du wirst sogar selber einen Teil des Goldes tragen. Oder hast du unseren Deal vergessen? Und jetzt her mit der Karte!« Hawke zog seine Pistole aus der Manteltasche und richtete sie auf Tim.

James funkelte sein Gegenüber wütend an. »Das kannst du getrost vergessen! Du steckst sofort deine Waffe weg, sonst fliegt die Karte ins Wasser!« Er stellte sich schnell auf einen großen Stein dicht am Wasserfall und hielt die Karte zwischen Daumen und Zeigefinger über den mächtigen Wasserstrahl. »Und Dick kommt mit, das bist du ihm schuldig!«, bestimmte er.

Hawke blieb nichts anderes übrig als zähneknirschend nachzugeben. Mit zusammengepressten Lippen steckte er die Waffe wieder zurück in die Manteltasche. Dann nahm er Dick Morgan kurzerhand Huckepack auf seinen Rücken. Tim und Rosie staunten, mit welcher Leichtigkeit dieser schmale Mann seinen Helfer schulterte. Mit nur zwei kurzen Verschnaufpausen hatten sie schließlich den Berggipfel erreicht. Erschöpft ließen sich oben alle ins Gras fallen. Ein frischer Wind streifte über ihre Gesichter. Tim roch den würzigen Geschmack der Kräuter, die hier wuchsen. Zwei Kokospalmen spendeten spärlichen Schatten und wiegten sich im Wind. Tim vernahm plötzlich eine schwache Stimme. »Hört ihr das auch?«

Sofort hoben alle den Kopf. Es war ein einziges Wort zu hören, das wie *Gloria* klang. Rosie machte ein ängstliches Gesicht. »Das sind Geister! Lasst uns umkehren. Die Geister bewachen den Schatz!«

»Unsinn. Es gibt keine Geister!« Hawke war durch und durch Physiker, genau wie Opa James. Für alles gab es eine logische Erklärung. Da! Jetzt war es deutlich zu hören: »Gloria!«

Hawke stand auf. »Das ist nur Kidd, der uns Angst einjagen will. Aber der wird sich noch wundern, wenn er gleich kommt und der Schatz ist weg!« Er zog Dick Morgan mit dessen Gehstock in die Höhe. »Los, Grant, zeig mir jetzt, wo der alte Kidd das Gold versteckt hat!«

James rollte die Schatzkarte aus. Kritisch fuhr sein Blick über das gelbe Pergamentpapier. Hin und wieder sah er auf, um Zeichnung und Realität abzugleichen. Die gesamte Insel lag ihnen zu Füßen. Ein grünes Paradies in der blauen Südsee. Die Masten der Elisabeth lugten hinter den hohen Felsen hervor, die ihre Landungsbucht begrenzten. Von Käptn Kidd und seiner Mannschaft war noch nichts zu sehen und zu hören. Der Marsch durch den Dschungel würde den Piraten mit ihren schweren, mit Rum gefüllten Schädeln nicht gerade leichtfallen.

»Geradeaus«, kommandierte James und lief auf eine moosbewachsene Felsengruppe zu. Rosie trottete hinterher. Ob sie Gewissensbisse plagten, weil sie ihren Vater verraten hatte und vor ihm davongelaufen war? Und – sie hatte sich mit den Meuterern verbündet! Rosie hatte Tim gesagt, dass der Verlust der Karte für ihren Vater nicht wichtig war. Er würde selbst im Schlaf zum Goldversteck finden. Damals hatte er den Schatz mit nur wenigen Vertrauten vom Schiff eigenhändig hierhergebracht. Nein, viel schlimmer würde für Kidd die Tatsache sein, dass er von seiner eigenen Tochter betrogen worden war. Tim nahm Rosies Hand und zog das Mädchen hinter sich her. Er hatte mit seinen eigenen Gewissensbissen zu kämpfen. Warum hatte er Rosie nur den Vorschlag gemacht, mitzukommen? Er mochte sie und es wäre ihm schwer gefallen, sie hier zurückzulassen. Aber war das nicht ziemlich egoistisch? Würde Rosie nicht doch Heimweh bekommen, wenn er sie aus ihrer Zeit herausreißen würde?

Opa James blieb abrupt stehen. »Achtung!«, rief er und breitete warnend seine Arme aus. »Hier geht's steil in die Tiefe!«

Vorsichtig näherten sich Tim und Rosie und sahen James über die Schulter. Tims Magen verkrampfte sich sofort. Eine riesige Schlucht tat sich vor ihnen auf! Ein Loch wie ein Höllenschlund! Die drei sahen auf einzelne Wolken herunter, die wie Wattebäusche aussahen und die Sicht auf den Boden verdeckten. In dreißig Meter Entfernung ragte ein turmartiger schwarzer Basaltfelsen aus der Schlucht, der mit der Anhöhe, auf der sie standen, über eine Hängebrücke verbunden war! Tim ahnte Schreckliches und drückte Rosies Hand. Rosie sah ihn nur verwundert an und zog ihre Hand rasch zurück.

Die Hängebrücke war schmal und wackelig. Die Trittbretter waren in ungleichmäßigen Abständen an zwei dicken, langen Tragseilen befestigt, ungefähr auf halber Strecke waren mehrere Bretter an einer Seite abgerissen und baumelten herunter. Über die gesamte Länge der Konstruktion war ein Halteseil gespannt. Eine warme Windbö fegte über die Anhöhe. Die Brücke pendelte leicht hin und her. Die verlegten Schiffstaue waren seit Jahren Wind und Wetter ausgesetzt und dementsprechend in einem schlechten Zustand. Auf der Elisabeth wären sie längst ausgetauscht worden. Hawke trat neben die drei und warf einen Blick in den Abgrund. Tim wich instinktiv vor ihm zurück. Keiner sprach ein Wort. Waren sie angekommen? War die Schatzsuche hier zu Ende? Tim drehte Hawke den Rücken zu und zückte sein

Pettersonphone. Noch zwei Stunden! Dann war das Tor zur Rückreise endgültig verschlossen!

James sah derweil auf die Schatzkarte. »Der Schatz muss auf dem Basaltfelsen da drüben liegen. Der einzelne Strich auf der Karte markiert diese Hängebrücke ...« Er fuhr mit dem Zeigefinger über die Karte. »Danach ist ein dickes Kreuz eingezeichnet und das ist auch gleichzeitig das Ende der Markierung.«

»Zeig mal her.« Tim und Rosie beugten ihre Köpfe über die Schatzkarte.

Ein Klicken ließ die drei herumfahren. Hawke und Morgan standen hinter ihnen. Hawke richtete seine Pistole auf die drei.

»Was soll das, Hawke?!«, rief Opa James entsetzt und nahm instinktiv die Hände hoch. »Wir haben doch eine Abmachung.«

Tim zog Rosie zu sich rüber. In was für eine Situation hatte er das Mädchen nur gebracht?!

»Wir haben keine Zeit mehr zu verlieren, Grant.« Hawkes schmaler Mund verzog sich zu einem hinterhältigen Grinsen. »Der Junge wird jetzt über die Brücke gehen und nachsehen, ob der Schatz tatsächlich dort liegt!«

Tim starrte fassungslos in Hawkes kalte Augen. Was hatte dieser miese Kerl da gerade gesagt?!

»Lass den Jungen aus dem Spiel, Hawke. *Ich* gehe rüber zum Felsen«, sagte Opa James.

Aber Hawke schüttelte nur den Kopf. »Der Junge wird gehen, basta. Du bist zu schwer für die morsche Brücke.« Hawkes freie Hand schoss nach vorne und zog Tim von Rosie weg. James wollte Tim zurückhalten, aber Hawke richtete seine Pistole auf ihn. So konnten er und Rosie nur hilflos zusehen, wie Hawke Tim vor sich her schubste.

Die Brücke war an einer leicht abgesenkten Stelle festgemacht. Tim hatte das Gefühl, seine letzte Stunde hätte geschlagen, alles verschwamm um ihn herum, er zitterte und stolperte mit weichen Knien auf die Hängebrücke zu. Bilder seiner Familie schossen ihm plötzlich durch den Kopf, von Mam, wie sie seinen Geburtstag organisierte, von Pap, der alles in Seelenruhe auf sich zukommen ließ. Und von Gwen mit ihrem Modelgetue. Tim musste unwillkürlich lächeln. Eine warme Woge durchströmte ihn. Er vermisste seine Familie. Sehr sogar! Er wollte sie wiedersehen. Unbedingt! Um jeden Preis! Und deshalb musste er jetzt diese Hängebrücke überqueren – je eher, desto besser. Sollte Hawke doch seinen blöden Schatz haben! Wenn sie nur wieder von der Insel und nach Hause kommen könnten, dafür würde er alles tun!

Rosie war aus ihrer Schockstarre erwacht und rannte hinter ihnen her. Dick Morgan streckte ihr seinen Gehstock vor die Brust und wollte sie aufhalten.

»Lass mich durch, ich muss ihm etwas mitgeben«, fauchte sie ihn an, schob den Stock einfach beiseite und ging auf Tim zu. Dabei hielt sie ihren schwarzen Lederriemen mit dem blauen Stein in die Höhe. Sie legte ihm die Kette um den Hals. »Das Amulett meiner Mutter. Es wird dir Glück bringen.«

»Das kann ich brauchen.« Tim lächelte schief.

Hawke stieß Rosie unsanft zur Seite und schob Tim vor den Einstieg der Brücke. Der Wind zerrte an den abgewetzten Tauen, die ganze Brücke schwankte. Tim richtete seinen Blick starr geradeaus. Die Trittleisten waren schon fast aus seinem Sichtfeld verschwunden. Er durfte nicht nach unten sehen! Auf gar keinen Fall! Er wollte nicht riskieren, dass ihm schwindelig wurde und fixierte den schwarzen Felsen vor sich.

»Tim halt dich gut an dem Seil fest!« Das brauchte ihm Opa James nicht zu sagen. Hawke schob ihn auf die Brücke. »Los jetzt! Zeig, was du drauf hast, *Lockenkopf*.«

Vorsichtig setzte Tim einen Fuß auf das erste Brett und griff mit zitternden Händen nach dem Tau, das in Kopfhöhe neben ihm hing. Die Brücke schwankte gefährlich.

Tims Herz klopfte wie verrückt. Wahrscheinlich brachte schon allein sein heftiger Herzschlag die Brücke zum Wackeln! Mit dem linken Fuß tastete er nach dem zweiten Brett und verlagerte sein Gewicht langsam auf das linke Bein. Jetzt das nächste Brett, rechter Fuß vor, Brett ertasten, testweise belasten, dann das Gewicht verlagern und jetzt linker Fuß nach vorne, nach dem Holz tasten, draufstellen ... Schritt für Schritt schob er sich weiter nach vorne. Bald müsste er die Lücke erreichen, die er zuvor von der Anhöhe aus gesehen hatte. Tim erlaubte sich nur für den Bruchteil einer Sekunde auf die Bretter vor ihm zu lugen. Er durfte die Tiefe der Schlucht nicht wahrnehmen. Weiter, weiter! Geradeaus, Fuß vor, nach dem Brett tasten, Gewicht verlagern und immer schön festhalten! Er musste es schaffen! Er musste einfach!

Vor ihm lag die Stelle, an der mehrere Bretter fehlten. Das Loch war knapp einen Meter breit. Mit einem großen Ausfallschritt würde er darübersteigen können. Die vier auf der Anhöhe sahen angespannt zu, wie Tim sich zur Seite drehte, sein rechtes Bein hob und es weit nach rechts streckte. Vorsichtig tastete er mit dem Fuß nach festem Untergrund. Da, er spürte das Trittbrett! Geschafft! Jetzt noch das linke Bein hinterher. Die Lücke war allerdings breiter, als er angenommen hatte. Tim

schloss die Augen. Mit gespreizten Beinen hing er über der klaffenden Lücke. Seine Arme schmerzten vom krampfhaften Festhalten. Jetzt bloß nicht loslassen! Er traute sich nicht, sich mit dem linken Bein abzustoßen. Lange konnte er sich in dieser Position aber nicht mehr halten! Seine Beine zitterten und die Brücke wackelte bedrohlich. Was jetzt?!

Da hörte er Opa James rufen: »Tim! Konzentriere dich auf deine Atmung! Tief durch die Nase einatmen und durch den Mund wieder ausatmen. Und mach die Augen auf!«

Tim machte gehorsam ein paar tiefe Atemzüge, blieb aber immer noch regungslos über dem Loch hängen.

»Beeil dich, Junge!«, schrie Hawke aufgebracht. »Die Zeitkugel wartet nicht auf uns!«

Tim öffnete die Augen und sah auf das endlose Meer. Er musste weiter! Er nahm seinen ganzen Mut zusammen und betete, dass die Kraft seiner Arme nicht nachließ. Tief einatmen und nicht nach unten gucken! Dann stieß er sich mit dem linken Bein ab, um über die Lücke zu steigen. Durch den Schwung kam er ins Straucheln. Rosie schrie laut auf. Die Brücke schwang schnell hin und her. Tims Glück war, dass das Halteseil straffer gespannt war als die Brückenseile. Er hängte sich an das Seil und wartete, bis sich die Brücke wieder beruhigt hatte. Er konzentrierte sich auf seine Atmung und auf das Rauschen des Wasserfalls. Dann tastete er sich weiter über die unebenen Bretter. Er fühlte, das eines der Bretter nur lose auf den Seilen lag und stieg darüber hinweg. Dann stand er endlich auf dem schwarzen Felsen und hatte wieder festen Boden unter den Füßen! Ein unbeschreibliches Glücksgefühl durchströmte ihn und kitzelte in seinem Nacken. Er sah hinüber zur Anhöhe und streckte den Daumen in die Höhe. Rosie und Opa James winkten ihm mit beiden Armen zu.

Der schwarze Felsen hatte keine zwanzig Meter Durchmesser. In der Mitte ragte zerklüftetes Gestein in den Himmel. Unmittelbar neben dem Abgrund führte ein Pfad zu einer Felsspalte. Nur dort konnte der Schatz liegen! Tim drückte sich eng an den Felsen und folgte dem schmalen Weg zu der Spalte. Der dunkle Schlitz war breit genug, um Schatzkisten hineinzutransportieren. Kalte Finsternis empfing ihn im Inneren des Felsen. Er drückte auf seine Taschenlampen-App – ringsherum nichts als glatte schwarze Steinwände.

Direkt vor ihm hing etwas von der Decke herunter. Der Lichtschein seines Handys fiel auf bunte Stofffetzen, die bis auf einen halben Meter über den steinigen Untergrund reichten. Tim ging zaghaft darauf zu, als das Lumpenbündel sich plötzlich bewegte. Tim leuchtete nach oben. Oh Gott! Sein Herzschlag setzte für einen kurzen Moment aus! Ein bleicher Totenschädel starrte ihn an! Entsetzt stolperte er ein paar Schritte rückwärts, fiel über einen Stein und schlug der Länge nach hin. Durch die Bewegung begann sich ein Lumpenbündel dahinter zu drehen. Ein zweiter Totenschädel grinste zu Tim hinunter. Zwei Skelette baumelten vor ihm von der Decke! Aus den Kleiderfetzen lugten schmale Finger und Armknochen hervor. In den Gebissen fehlten viele Zähne. Tim zählte nur drei Füße, in einem Stofffetzen baumelte ein Holzbein! Das Blut rauschte in seinen Ohren! Wie von Sinnen schob er sich auf dem Hosenboden rückwärts. Hingen dort oben die Wächter des Schatzes? Hatte Käptn Kidd die beiden hier als Aufpasser für den Schatz zurückgelassen? Hatte er sie selber dort aufgehängt? Oder gab es noch jemanden auf dieser Insel?

Gnade für Joe Miller

Tim sah auf sein Handy. Nur noch eine Stunde und zwanzig Minuten! Er leuchtete an den Skeletten vorbei und zwang sich, sie nicht anzusehen. Am Ende des dunklen Ganges tat sich eine Höhle auf. War dort der Schatz versteckt? Er hatte keine Wahl, er musste da durch! Tim holte tief Luft und krabbelte dann auf allen vieren, den Blick fest auf den Boden geheftet, unter den Skeletten hindurch. Als er auf seinem Kopf einen knochigen Zeh spürte, ließ er sich blitzartig auf den Boden fallen. Ein Schauer lief ihm über den Rücken. Das letzte Stück robbte er. Die hintere Höhle erinnerte ihn an eine kleine, runde Kapelle. Es roch nach Moder und fauliger Erde. Durch eine Öffnung, die sich in der kuppelförmigen Decke befand, schien ein Lichtstrahl genau in die Mitte des Raumes. Und da standen tatsächlich die Kisten! Entlang der Wände waren fünfzehn große Holzkisten mit geöffneten Deckeln aufgereiht. Die Kisten hatten breite rostige Eisenbeschläge. Tim sprang auf und sah in die erste Truhe. Leer! Die Nächste. Auch leer! Alle fünfzehn Kisten waren leer! Der Schatz war weg. Sie kamen zu spät.

Benommen stand Tim vor den leeren Kisten und leuchtete mit seinem Handy den Boden ab. Nichts. Sie waren den beschwerlichen Weg hierher völlig umsonst gegangen. Wie würde Hawke auf diese Nachricht reagieren? Würde er sie alle vor Wut erschießen? Er würde sie auf keinen Fall mit zurückreisen lassen, schließlich galt der Deal mit Opa James ja jetzt nicht mehr. Er musste sich dringend einen neuen Plan einfallen lassen, wenn er jemals wieder nach Hause kommen wollte! Die Zeit lief unerbittlich ab, er musste zurück zu den anderen. Ein letztes Mal ließ er seinen Blick durch die dunkle Höhle schweifen, als aus dem lehmigen Boden etwas Helles hervorblinkte. Tim bückte sich. Es war eine Goldmünze! Er kratzte mit den Fingern die Erde von dem Metall. Auf einer Seite war ein Mann mit Lockenperücke abgebildet, auf der anderen zwei gekreuzte Schwerter. Eine echte Golddublone! Tim pfiff durch die Zähne. Langsam nahm eine Idee in seinem Kopf Gestalt an.

Schnell kroch er unter den Skeletten hindurch zurück. Draußen angekommen, eilte er zur Brücke und winkte den anderen, die erwartungsvoll zu ihm herüberschauten.

»Was ist? Hast du den Schatz gefunden?«, brüllte Hawke sofort.

»Ja, es sind fünfzehn große Kisten voll Gold in der Höhle! Hier, seht mal!« Tim streckte die glitzernde Golddublone in die Höhe.

Dass Hawke die Umhängetasche mit der Zeitkugel abnahm und sie Morgan in die Hand drückte, erleichterte Tim die Sache. Schon sprang der schlaksige Mann auf die Brücke. Hatte er zuvor nicht gesagt, sie würde Opa James nicht aushalten? Die Hängebrücke schwankte stark unter dem Gewicht des Zwei-Meter-Mannes. Tim staunte, wie geschickt sich Hawke über die morschen Bretter bewegte. Hawke erreichte das Loch in der Mitte der Tragseile, aber dank seiner langen Beine war auch dieses Hindernis kein größeres Problem für ihn – schon war er darüber hinweggestiegen! Tim machte sich bereit. Er musste Hawke aufhalten oder vor ihm auf die andere Seite zurückkommen, sonst würde Hawke ihn umbringen, wenn er die leeren Kisten entdecken würde! Immer näher kam der Mann auf ihn zu! Die Gier nach dem Gold verzerrte sein Gesicht zu einer hässlichen Fratze. Tims Magen zog sich zusammen. Aber dann machte Hawke einen entscheidenden Fehler.

Nachdem er das Loch in der Brückenmitte überwunden hatte, wurde er leichtsinnig. Immer schneller eilte er über die Bretter. Hawke sah das lose Brett kurz vor Ende der Brücke nicht. Tim spürte schon förmlich Hawkes Atem, als der auf das lockere Brett trat. Das morsche Holzstück verschob sich, rutschte von den Seilen ab und flog lautlos in die Schlucht. Hawke tappte mit einem Fuß in die Lücke und konnte sich nicht mehr auffangen. Tim sah den erstaunten Ausdruck in Hawkes Augen, als konnte er selbst nicht glauben, dass er so kurz vor dem Ziel scheitern sollte. Er versuchte noch, nach einem der Bretter zu greifen, doch seine Fingernägel kratzten nur mit einem hässlichen Geräusch über das Holz, dann stürzte er mit einem gellenden Schrei in den Abgrund. Diesen Anblick würde Tim sein Leben lang nicht vergessen. Er war entsetzt und erleichtert zugleich. Hawke hatte sich durch seine Habgier selbst ins Jenseits befördert.

»Tim!«, schrie Opa James. »Komm zurück! Wir haben nicht mehr viel Zeit!«

Tim brauchte noch einen kurzen Moment, bis er sich von dem Schock erholt hatte. Dann nahm er den Rückweg in Angriff. Tief durch die Nase einatmen und durch den Mund wieder ausatmen, ganz ruhig! Und nicht nach unten sehen!

Konzentrier dich, Tim!, ermahnte er sich selbst. Und dann hörte er nur noch das Rauschen des Wasserfalls. Schritt für Schritt tastete er sich auf die andere Seite zurück.

Nach schier endlos scheinenden Minuten griff er nach den ausgestreckten Händen von Rosie und Opa James. Sie zogen ihn auf den Felsvorsprung und erdrückten ihn fast vor Freude.

Dick Morgan stand ein wenig abseits und lächelte gequält.

James wandte sich ihm zu und sah ihn ernst an. »Dick, gib mir bitte die Tasche, sie gehört mir.«

Morgan nickte und reichte sie ihm herüber. Seine Miene war undurchdringlich. Ob er um Hawke trauerte? Ob er ihnen insgeheim Rache schwor?

Tim nahm das Amulett von Rosies Mutter ab und legte es in ihre ausgestreckte Hand. »Danke, Rosie! Es hat mir tatsächlich Glück gebracht!«

Von Käptn Kidd und seiner Mannschaft war noch nichts zu sehen. James nahm die Zeitkugel aus der Tasche und drückte die Tasten auf dem Display. »Macht euch bereit für den Rücktransport!«, rief er aufgeregt. »Wir haben noch eine knappe Stunde Zeit!«

Sie mussten schnell eine geeignete Absprungstelle finden, damit die Zeitkugel in einen kurzen Moment der

Schwerelosigkeit versetzt werden konnte, um die volle Energie zu erhalten. Tim schlug den Platz am Wasserfall vor, den sie beim Anstieg passiert hatten.

Plötzlich hörten die vier ein Geräusch und fuhren erschrocken herum. Ein kleiner, völlig verwahrloster Mann stand hinter ihnen! Er war dünn wie ein Streichholz und hatte lange graue Haare, die wie Fäden an seinem Kopf herunterhingen und vom Wind in alle Himmelsrichtungen gepustet wurden. Der weiße Bart reichte ihm bis zur Brust. Zähne hatte der Mann keine mehr. »Gnade für Joe Miller!«, winselte der Fremde mit hoher, krächzender Stimme.

Opa James hatte sich beim Anblick des Mannes so erschreckt, dass er fast die Zeitkugel fallen gelassen hätte. »Wer sind Sie?«, fragte er barsch.

Der Mann sah verstört von einem zum anderen. »Gnade für Joe Miller!«, wiederholte er.

Es stellte sich heraus, dass Joe Miller einer von drei Piraten war, die Käptn Kidd vor zehn Jahren auf der Insel ausgesetzt hatte, weil sie einen Teil des Goldschatzes für sich behalten wollten. Joe Miller war Maat der Gloria gewesen. Seine beiden Kameraden hatten sich kurz nach Abfahrt des Schiffes gegenseitig umgebracht, weil sie sich über das Verteilen des Schatzes nicht einigen konnten.

James schüttelte an dieser Stelle der Erzählung stirnrunzelnd den Kopf: »Verrückt! Die hatten doch sowieso keine Chance, jemals von der Insel wegzukommen!«

»Und warum hängen die Skelette der beiden in der Höhle?«, fragte Tim.

Joe Miller kniff die Augen zusammen. »Damit niemand mein Gold stehlen kann.«

Die anderen wechselten irritierte Blicke. Der Alte war offenbar durch die jahrelange Einsamkeit ziemlich verwirrt.

»Aber da ist doch gar kein Gold mehr!«, rief Tim.

»Was?!«, schrien Rosie und James gleichzeitig. Dick Morgan riss überrascht die Augen auf.

Miller kicherte. »Jetzt ist es woanders, ganz in der Nähe.«

»Na, irgendwie mussten Sie sich ja auch die Zeit vertreiben«, meinte Opa James trocken.

Tim tastete nach der Golddublone in seiner Hosentasche. Er dachte an seine Streifzüge durch den Billforder Steinbruch. Wie hatte ihn jeder Fund eines schönen, glitzernden Steines gefreut. Und jetzt hatte er die Gelegenheit, einen echten Goldschatz zu sehen! »Verraten Sie uns, wo der Schatz liegt, Mister Miller?«

»Warum sollte ich?«, fragte der ehemalige Maat listig.

»Weil wir Ihnen dann sagen, wo die Elisabeth ankert! Dann können Sie die Insel endlich verlassen!«

James sah seinen Enkel erstaunt an. »Tim, wir haben keine Zeit mehr!«

»Nur einmal gucken, *bitte*!« Tim spürte ein aufgeregtes Kribbeln im Magen, ob sich so das Schatzfieber anfühlte?!

Opa James sah auf das Display der Zeitkugel. »Wir haben noch nicht mal mehr eine Stunde! Das Risiko ist ...«

Bevor es sich jemand anders überlegen konnte, flüsterte Rosie dem Mann ins Ohr, wo die Elisabeth lag, woraufhin Joe Miller seine hagere Faust schüttelte. »Zehn Jahre lang habe ich Kidd Rache geschworen, und endlich, endlich ist der Tag der Vergeltung gekommen!« Er zeigte ihnen den nahegelegenen Eingang zur Schatzhöhle und kletterte dann wie ein Affe auf einen der hohen Bäume. Er packte eine Liane und schwang sich damit zum nächsten Baum. Tim sah ihm mit offenem Mund hinterher. So würde Joe Miller nur einen Bruchteil der Zeit brauchen, die sie für den Hinweg durch den Dschungel benötigt hatten.

Dichtes Buschwerk verdeckte den Eingang zu Millers Versteck des Goldschatzes. Rosie schlug mit ihrem Entermesser die Zweige über der Felsöffnung weg. Der Weg war frei und die Kinder stürmten hinein. Durch eine offene

Kuppel konnten Tim und Rosie blauen Himmel sehen, die von oben einfallenden Sonnenstrahlen tauchten die Grotte in helles Licht. Der Boden war komplett mit Leinensäcken bedeckt. Joe Miller hatte ganze Arbeit geleistet und den gesamten Schatz hierhin verlagert. Rosie schlug mit ihrem Messer in einige der Säcke. Die Kinder waren sprachlos. Goldmünzen, Goldketten, bunte Juwelen, Schmuck, Goldkelche, goldene Kreuze! Gold, das die Spanier geraubt hatten und das ihnen Käptn Kidd vor zehn Jahren abgenommen hatte. Tim zog seinen Rucksack ab, nahm mehrere Hände voll Goldmünzen und warf sie hinein.

Auch Rosie tauchte ihre Arme tief in das Gold hinein und schaufelte sich Münzen und Juwelen in die weiten Taschen ihrer Hose. Plötzlich hielt sie erschrocken inne. »Lass uns lieber gehen, ich habe Stimmen gehört!« Sie zog Tim hastig zum Grottenausgang.

Als die beiden aus dem Felsloch ins Freie traten, sahen sie in die grinsenden Gesichter von Käptn Kidd und der Elisabeth-Crew! Tim konnte sich gerade noch Rosies Entermesser schnappen und tat so, als würde er sie damit in Schach halten. Zwei Männer hatten James Grant und Dick Morgan fest im Griff und hielten ihnen Pistolen an den Kopf.

Käptn Kidd packte seine Tochter und zog sie von Tim weg. »Was hast du mit denen zu schaffen, Rosie?!«, brüllte er das Mädchen an. Der Käptn war stinkwütend. Tim guckte grimmig und schwang das Entermesser, bis es ihm einer der Piraten aus der Hand riss. Aber Rosie hatte verstanden. Sie zeigte auf Tim und James. »Die haben mich einfach mitgenommen. Hätte ich geschrien, dann hätten sie mir die Kehle durchgeschnitten.«

Maat John guckte zwar etwas ungläubig, aber er war scheinbar zu betrunken gewesen, um sich an Einzelheiten zu erinnern.

Tim stöhnte leise. Wie viel Zeit blieb ihnen noch? Fünfzehn Minuten? Jetzt waren sie wieder Gefangene der Piraten und er allein war schuld daran! Natürlich war es eine blöde Idee gewesen, in die Schatzgrotte zu gehen. War er etwa genauso gierig geworden wie Hawke?

Käptn Kidd stellte sich breitbeinig vor Tim. »Sind wir unter die Schatzsucher gegangen, Lockenköpfchen?«, fragte er höhnisch.

Tim fühlte, wie sich seine Nackenhaare vor Angst aufstellten.

Kidd schritt um den erstarrten Tim herum. »Was hast du denn Schönes in der Höhle gefunden, Lockenköpfchen?« Bevor Tim eine Antwort geben konnte, riss

Käptn Kidd ihm den Rucksack von seinen Schultern. »Ich wusste gar nicht, was es für sonderbare Taschen in Bristol gibt. Verrate mir doch, wer dort solche Taschen verkauft!« Es war still. Wie immer, wenn Käptn Kidd sprach. Keiner der Männer regte sich. Nur das Rauschen des Meeres war zu hören. Kidd zog an dem Verschluss und kippte den Inhalt des Rucksacks aus. Zuerst fielen die Goldmünzen heraus, wie schimmerndes Wasser aus einem Eimer. Die Piraten raunten. Ein gruseliges Geräusch! Wie Werwölfe in einem Vampirfilm. Tim lief ein Schauer über den Rücken.

Danach flogen die Star Wars-Dose und ein Petterson-Basecap auf den staubigen Boden. Käptn Kidd bückte sich. Er griff nicht nach den Goldmünzen. Er nahm die Plastikdose in die Hand, auf der Meister Yoda und Darth Vader mit ihren Lichtschwertern kämpften. Dann setzte er grinsend das grüne Petterson-Cap mit dem telefonierenden Elch auf und präsentierte sich seinen Männern. Die Piraten johlten. James und Dick Morgan verzogen keine Miene.

Käptn Kidd gab ein wunderliches Bild ab. Die Mütze war viel zu klein und die Dose viel zu blau. So eine grelle Farbe gab es im 17. Jahrhundert noch gar nicht. Tim spürte, wie sein Kopf glühte. Jetzt war alles aus! Käptn Kidd fing an, sich wie eine Ballerina zu drehen. Die Piraten hielten sich die Bäuche vor Lachen. Als Kidd während seines Tanzes den Deckel von Tims Brotdose wie ein Gebiss auf- und zuklappte, konnten mehrere Männer nicht mehr stehen und warfen sich vor Lachen auf den staubschwarzen Boden. Von einem Moment auf den anderen beendete Kidd seinen Tanz. Er stellte sich dicht vor Tim und schnappte den Deckel der Stullendose knapp vor dessen Nase zu. Sein Blick hatte sich von einer Sekunde zur anderen verfinstert. Die Piraten hörten augenblicklich auf zu lachen. »Sag mir, Lockenköpfchen, was sind das für Sachen?« Kidd hielt ihm das Cap und die Plastikdose unter die Nase. »Du und dein Großvater, ihr seid keine Vogelforscher, nicht wahr? Aber was seid ihr dann? Wieso seid ihr hier? Wollt ihr meinen Schatz stehlen?« Mit jeder Frage trat Kidd näher auf Tim zu.

»Lass den Jungen in Ruhe!« James zerrte mit seiner ganzen Kraft, um sich von dem groben Griff seines Bewachers zu lösen.

»Halt's Maul, alter Mann!« Doch bevor Kidd sich Tim wieder zuwenden konnte, bebte die Erde. Eine Kokospalme, die in der Nähe stand, brach in der Mitte des Stammes auseinander. Ein schrilles Pfeifen zischte über die Insel. Dann bebte der Boden erneut und alle wurden von hochspritzender Erde überschüttet. Opa James warf sich auf den Boden und hielt seine Hände schützend über den Kopf. Da fiel bei Tim der Groschen, das war kein Erdbeben – sie wurden mit Kanonen beschossen! Natürlich! Joe Miller! Der ausgesetzte Pirat hatte die Elisabeth gekapert und schoss nun aus allen Rohren! Matthew, der zur Bewachung an Bord geblieben war, hatte scheinbar selbst für den ausgemergelten Joe Miller kein größeres Hindernis dargestellt. Unglaublich, mit welcher Schnelligkeit der kleine Mann den Weg zurückgelegt hatte!

Am Horizont schob sich die Elisabeth langsam an der Küste entlang. Die rechte Schiffsseite war in Rauch gehüllt. Der nächste Kanonenschlag würde nicht lange auf sich warten lassen. Schon war das Pfeifen der abgefeuerten Kugel zu hören. Sie schlug direkt in die Felsgrotte ein, in der der Goldschatz lag. Krachend stürzte die Decke der Höhle ein. Durch das Buschwerk vor dem Eingang drückte sich eine mächtige dunkle Wolke aus Staub und Erde. Der Schatz lag nun unter einer tonnenschweren Gesteinsschicht begraben. Die Piraten hatten zwar Schaufeln und Hacken mitgenommen, aber allein mit diesen Werkzeugen würden sie den Schatz nicht freilegen können. Dazu hätten sie eher die riesigen Bagger des Billforder Steinbruchs gebraucht. Mit denen wäre es ein Kinderspiel gewesen.

Gerade im Moment dachte allerdings niemand mehr an den Schatz. Jeder wollte nur noch seine Haut retten. Die Piraten stoben wie die Hasen auseinander. Maat John zerrte Rosie den Hügel hinab zum Strand. Tims Großvater zog seinen Enkel und Dick Morgan in Richtung Wasserfall. Nach wenigen Metern drehte Tim um und lief den flüchtenden Piraten hinterher.

»Tim! Wo willst du denn hin?« James' Stimme überschlug sich fast.»Wir haben nur noch zehn Minuten!«

»Ich bin Rosie noch etwas schuldig!« Tim lief zum Abhang gegenüber des Wasserfalls. Er rannte, so schnell er konnte. Die Piraten stürzten den steilen Grashang hinunter. Hin und wieder fiel einer der Männer hin und kugelte mehrere Meter nach unten. Die anderen sprangen einfach über ihn hinweg. Joe Miller hatte nachgeladen und schoss bereits zum fünften Mal. Die Kugel schlug oben auf der Anhöhe ein, wo meterhohe Erdfontänen hochstiegen. Er vermutete, dass es Millers einziges Ziel war, die Grotte zu zerstören und das Gold für immer darunter zu begraben. Schließlich war der Schatz der Grund gewesen, warum er zehn Jahre seines Lebens alleine auf dieser Insel verbringen musste.

Da entdeckte er Rosie, die sich seitlich der Bucht in die Büsche geschlagen hatte. Maat John war nicht mehr bei ihr. »Rosie, halt, warte!«, keuchte Tim und stolperte auf sie zu. »Rosie, du wolltest doch mitkommen. Wir müssen zum Wasserfall!« Er war völlig außer Atem und japste nach Luft.

Rosie duckte sich plötzlich ins Gebüsch und zerrte Tim dahinter, denn gerade lief ihr Vater mit wippendem schwarzen Zopf den Strand entlang. Sie beobachteten, wie er sich das einzige Beiboot der Elisabeth schnappte und in Windeseile aufs offene Meer hinausruderte – ohne einen einzigen Blick zurückzuwerfen und ohne auf die Rufe seiner Männer zu reagieren.

Rosie sah ihrem Vater entgeistert hinterher und nickte dann entschlossen. »Okay!«

Die beiden rannten zurück zum Wasserfall, wo James Grant und Dick Morgan schon auf sie warteten. Bis zum darunterliegenden Fluss waren es knapp 150 Meter. Opa James hielt die Zeitkugel in der Hand, die er gerade aktiviert hatte. Aus den kleinen Öffnungen der Kugel strahlte jetzt blaues Licht. Als er die Kinder auf sich zupreschen sah, ruderte er hektisch mit seinem freien Arm und hielt seine gespreizten Finger hoch. Um Himmels willen, nur noch fünf Sekunden!

»Achtung!«, brüllte James. »Gleich müssen wir springen!«

Tim und Rosie stellten sich keuchend zu den beiden Männern. Das Tosen des Wasserfalls war ohrenbetäubend. Feiner, kühler Nebel umgab die vier.

»In vier, ... drei, ... zwei, ... und Absprung!«

Tim griff nach Rosies Hand und machte einen Schritt nach vorne. Sofort wurde er von der Gewalt der herunterstürzenden Wassermassen erfasst und herumgewirbelt, Rosies Hand spürte er nicht mehr. Er fiel ins Bodenlose und verlor vollkommen die Orientierung, er fühlte sich schwerelos. Blaues Licht drang durch die geschlossenen Augenlider, dann tauchten sie ein.

In einer anderen Welt

Das Flusswasser war eiskalt und Tim hatte große Mühe, seine starren Gliedmaßen zu bewegen. Er fühlte sich zerschlagen wie nach einem Marathonlauf. Mit letzter Kraft schwamm er von dem unablässig herabstürzenden Wasserfall weg. Die Absprungstelle hoch oben war vom Nebel verhüllt. Von dieser Höhe aus war er tatsächlich hinuntergesprungen! Er konnte es selbst kaum glauben. Dann entdeckte er Dick Morgan, der sich mit Hilfe seines Gehstocks umständlich ans Ufer zog, wie eine Robbe, die versuchte eine Eisscholle zu erklimmen. Der schwarze Ledermantel triefte und glänzte im Sonnenlicht. Plötzlich tauchte sein Großvater wenige Meter vor ihm prustend aus dem Wasser auf. James schnappte einmal tief nach Luft, um dann sofort wieder im grünen Fluss abzutauchen. Was hatte er vor? Und wo war Rosie?! Direkt nach dem Absprung hatte Tim den Kontakt zu ihr verloren. Als hätte sie sich aufgelöst. Oder war sie am Ende doch nicht gesprungen? Er sah noch Rosies entsetztes Gesicht vor sich, als ihr klar wurde, dass sie in die Schlucht springen sollte.

Opa James tauchte wieder an der Wasseroberfläche auf und hustete. »Ich finde sie einfach nicht!«, rief er wütend und schlug mit der flachen Hand aufs Wasser.

»Wen? Rosi?« Tim schwamm auf seinen Großvater zu.

»Die Zeitkugel. Sie ist weg. Der Wasserdruck hat sie mir aus den Händen gerissen.«

»Aber die brauchen wir doch jetzt nicht mehr.« Tim strampelte wild mit den Beinen, um über Wasser zu bleiben.

»Du hast recht.« James nickte. »Und sollte es nicht geklappt haben, dann ist eh alles zu spät.«

»Wo bleibt Rosie nur? Hast du sie gesehen?«

Opa James schüttelte den Kopf.

»Vielleicht kann sie gar nicht schwimmen?! Wir müssen alles nach ihr absuchen! Bitte!«, flehte Tim seinen Großvater an. Obwohl Piraten fast ihr ganzes Leben auf dem Meer verbrachten, konnten viele von ihnen nicht schwimmen. Tim sah sich verzweifelt um. Nichts. Er schwamm zu der Stelle zurück, in die er nach dem Sprung in den Wasserfall eingetaucht war. Unaufhörlich donnerten die Fluten von der felsigen Wand hinunter. Rosie blieb verschwunden.

Tim fror. Er schwamm zu seinem Großvater ans Ufer, der ihm aus dem Wasser half. Erschöpft ließen sich die beiden neben Dick Morgan ins Gras fallen, der gedankenversunken ins Wasser starrte. Tim fühlte sich leer. Wo war Rosie jetzt? In einer anderen Zeit, in einer anderen Welt? War er denn wirklich in die Gegenwart zurücktransportiert worden? Oder würden sie gleich wieder Käptn Kidd und seiner Mannschaft in die Arme laufen?!

James räusperte sich. »Tim, es könnte eventuell sein, dass Rosie …«

Tim sah seinen Großvater ungeduldig an. »Was denn?«

»Vielleicht ist Rosie von den Kräften der Zeitkugel gar nicht erfasst worden. Sie hat am weitesten von der Zeitkugel entfernt gestanden. Und ich weiß noch zu wenig über den Wirkungsradius der Kugeln.«

Tim fühlte einen Stich in seinem Herzen. Nein! Das durfte nicht sein! Opa James klopfte seinem Enkel aufmunternd auf die Schulter. »Wie gesagt, Tim, so genau konnte ich das noch nicht überprüfen. Vielleicht täusche ich mich auch und Rosie ist nur in einer anderen Zeit gelandet als wir.«

Diese Vorstellung konnte Tim nicht wirklich trösten. Dann fand er den Gedanken, dass Rosie am Ende doch nicht gesprungen war, beruhigender. Käptn Kidd glaubte ja, dass Tim und James sie entführt hatten und die Juwelen in Rosies Tasche würden ihr übriges tun, um den Piraten zu besänftigen. Tim seufzte. Er wollte nun endlich Gewissheit haben. Waren sie überhaupt in der Gegenwart gelandet? Der Sprung ins Wasser war seinem Handy scheinbar nicht bekommen, das Display blieb auch nach mehreren Einschaltversuchen schwarz. Tim schob es wieder in seine Hosentasche, die wie der Rest seiner Kleidung patschnass war. Dick Morgan ließ seinen durchgeweichten Mantel einfach am Flussufer zurück. Den brauchte er nicht mehr. Die drei machten sich auf den Weg.

Tim konnte immer noch nicht fassen, dass Rosie nicht mehr bei ihnen war! Wie hätte sie wohl beim Anblick von Autos, Flugzeugen und Motorrädern reagiert?! Tim stellte sich vor, wie er mit ihr in das größte Londoner Kaufhaus gegangen wäre. Sie wären stundenlang die Rolltreppen und mit den turmhohen Aufzügen gefahren. Vielleicht hätten sie Gwen mitgenommen, die Rosie beim Klamottenkauf beraten hätte. Und er hätte Rosie auch mit in die Schule genommen. Tim sah Davids und Nicks erstaunte Gesichter förmlich vor sich: Tim Robber und seine Piratenbraut! Da wäre ihnen die Kinnlade heruntergefallen. Tim schüttelte grinsend den Kopf. Was für ein Quatsch, wahrscheinlich hätte Rosie vielmehr große Probleme gehabt, sich an all die Technik zu gewöhnen und am Ende hätte sie ihren Vater und das freie Leben der Piraten sogar vermisst.

James Grant ging voraus, immer am Fluss entlang in Richtung Bucht. Die Sonne brannte vom Himmel und bald waren ihre Klamotten wieder getrocknet. Die drei gingen denselben Weg zurück, den sie in der Nacht zuvor auf der Suche nach dem Gold genommen hatten. Tim sah sich immer wieder nervös um. Hoffentlich hatte die Zeitreise funktioniert! Sollten sie den Piraten noch mal in die Hände fallen, würde das mit Sicherheit übel für sie ausgehen.

Kidds Schatzkarte war zusammen mit Hawke in die Schlucht gestürzt, aber den Rückweg würden sie auch ohne die Karte finden. War das wirklich erst ein paar Stunden her? Seitdem war so viel passiert, dass es Tim viel länger vorkam. Schaudernd musste er an Hawke denken und wie dieser genau vor seinen Augen in den Abgrund gestürzt war.

Opa James trieb Tim und Dick Morgan zur Eile an. Er wollte noch vor Anbruch der Dunkelheit zurück in der Bucht sein, wo die Piraten gestern ihr Lager aufgeschlagen hatten, damit sie nicht mitten im Dschungel übernachten mussten.

James, Dick und Tim wanderten nun schon seit einiger Zeit durch den dichten Dschungelwald, der unzähligen Tieren Unterschlupf bot. Der Lärm war ohrenbetäubend, doch außer ein paar auffliegenden Vögeln hatte Tim noch kein einziges Lebewesen gesehen. Er hatte aber auch gar keine Lust auf eine erneute Begegnung mit irgendeinem exotischen Tier. Er war erschöpft und hungrig, sein Magen knurrte, während er sich hinter den beiden Älteren durch den grünen Bambuswald kämpfte. Da er nicht wusste, welche Früchte genießbar und welche giftig waren, ließ er lieber die Finger von den vielen Beeren, die an Sträuchern und Bäumen hingen. Bananenstauden oder Kiwis hatte er nicht entdecken können. Aber vielleicht konnte er am Strand ein paar Kokosnüsse finden? Bei der Vorstellung knurrte sein Magen umso lauter.

Die rote Sonne stand bereits tief am Horizont, als sie endlich die Bucht erreichten. Die Elisabeth war verschwunden. Aber auch sonst gab es am Strand weit und breit keine Spur von dem Piratenlager. Nichts erinnerte an die Feuerstelle, an der James gestern noch die Schildkröten gegrillt hatte. Überall nur unberührter, feiner Sand. Kein einziges Rumfass lag herum. Nur die im Wind wogenden Kokospalmen säumten immer noch den halbkreisförmigen Strand. Es sah ganz danach aus, dass ihnen der Zeitsprung geglückt war!

Tims Hoffnung, Kokosnüsse am Boden zu finden, erfüllte sich dagegen nicht. Nicht eine einzige war heruntergefallen. Um eine Nuss zu pflücken, hätte er den glatten, kirchturmhohen Stamm hochklettern müssen, aber dazu war er nach den ganzen Strapazen zu erschöpft.

James und Dick ließen sich stöhnend in den weichen Sand fallen. Tim sah seinen Großvater mitfühlend an. Das stundenlange Marschieren steckte auch ihm in den Knochen.

»Ich suche die Bucht nach etwas Essbarem ab«, sagte Tim und wandte sich zum Gehen.

James schüttelte matt den Kopf. »Bleib lieber hier. Es wird gleich dunkel und wer weiß, was für Tiere hier herumschleichen. Das ist zu gefährlich.«

»Ich bin bald wieder zurück.« Tim wartete die Reaktion seines Großvaters gar nicht erst ab. So lange er noch etwas sehen konnte, wollte er den Strand nach Kokosnüssen absuchen. Aber er lief an den Palmen vorbei, die den weitläufigen Strand säumten, ohne fündig zu werden. Dann fiel plötzlich die Dunkelheit auf ihn herab.

Tim griff in seine Hosentasche und zog sein Handy heraus. Mehr aus Gewohnheit drückte er den Einschaltknopf, aber zu seiner großen Überraschung erschien der dicke Anfangsbuchstabe der Firma Petterson auf dem Display. Vor Freude hätte er in die Luft springen können. Sein Smartphone funktionierte wieder! Es hatte zwar immer noch keinen Netzempfang, aber die anderen Funktionen und auch die Uhr liefen wieder! Sofort aktivierte er die Taschenlampen-App. Nach Wochen mit funzeligen Öllampen erschien ihm das Leuchten heller als je zuvor. Schnell suchte er die Reihe der hochgewachsenen Kokospalmen ab und schwenkte den kleinen Lichtkegel seines Handys hin und her. Nichts! Keine einzige Kokosnuss lag im Sand. Vom bohrenden Hunger getrieben stapfte er weiter bis zum Ende des halbkreisförmigen Strandabschnittes und blickte hinauf in den nächtlichen, sternenklaren Südseehimmel. Der hell leuchtende Vollmond lag eingebettet in ein Meer aus funkelnden Sternen. Plötzlich entdeckte er ein Blinken am Himmel. War das etwa ein Flugzeug?! Das Lichtzeichen verschwand nach kurzer Zeit wieder.

Vor ihm erhob sich ein steiler, felsiger Hügel, der wie ein riesiger Eckpfosten die Bucht begrenzte. Sollte er wieder zu James und Dick Morgan umkehren? Die beiden waren von hier aus nicht mehr zu sehen. Aber was mochte sich hinter dem Hügel befinden? Vielleicht eine Siedlung mit Menschen? Ein beklemmendes Gefühl machte sich in ihm breit. Er hatte von kannibalistischen Naturvölkern gelesen, vielleicht gab es die auf solchen einsamen Inseln noch?! Tim war sich mit einem Mal nicht mehr so sicher, ob es eine gute Idee war, alleine weiterzugehen. Er sah hoch zu den Sternen. Vielleicht lag dort die Antwort? Wieder entdeckte er blinkende Lichter am Himmel.

Das waren doch die Warnlampen von einem großen Passagierflugzeug! Aufgekratzt und mit klopfendem Herzen begann er, den Hügel hochzuklettern. Er wollte sich von da oben zumindest einen Überblick über die Insel verschaffen. Das Gelände war schroff und unwegsam. Mit beiden Händen griff er nach Felsvorsprüngen, um sich daran hochzuziehen, immer darauf bedacht nicht abzurutschen. Von unten hatte der Berg gar nicht so steil ausgesehen! Er machte eine Pause und kontrollierte seine Atmung, so wie er es auf der Hängebrücke gemacht hatte. Damit konnte er seine Höhenangst einigermaßen in den Griff bekommen. Der Gipfel lag nur noch wenige Meter über ihm. Kurz musste er an Mister Jones' Sportunterricht denken. Vor der imposanten Kletterwand in der Turnhalle hatte Tim immer einen Riesenrespekt gehabt und sich nach Möglichkeit davor gedrückt. Aber diese Felswand hier war bestimmt fünfmal so hoch. Falls er jemals wieder nach Billford zurückkehren sollte, die Kletterwand der Nellie würde er mit Leichtigkeit erklimmen!

»Geschafft!«, keuchte er und zog sich mit einer letzten Kraftanstrengung auf den Gipfel. Als er sich aufrichtete und sich um die eigene Achse drehte, überkam ihn ein Gefühl von Erleichterung und Stolz. Er schaute zurück auf die Bucht, wo sein Großvater und Dick Morgan auf ihn warteten. Die zwei schliefen bestimmt schon tief und fest und schnarchten dabei um die Wette. Bei dem Gedanken musste Tim unwillkürlich grinsen. Der dunkle Ozean glitzerte geheimnisvoll und die Palmen waren nur noch als schwarzer Streifen auszumachen. Die Dunkelheit hatte sich wie eine Decke über die Insel gelegt.

Auf der anderen Seite des Hügels lag eine weitere Bucht. Ungläubig rieb Tim sich die Augen. Am Rand des

Strandes standen drei Häuser! Aus den Fenstern fiel helles Licht. Ein großes weißes Schiff lag auf dem Wasser. Sie waren gerettet! Er überlegte nicht lange und suchte einen Weg, der nach unten führte.

Beim Abstieg rutschte er mehr hinunter, als dass er kletterte und war froh, als er heil unten am Strand angekommen war und seine Füße in den weichen Sand tauchten. Er sah aufs Meer hinaus, wo das Schiff vor Anker lag. Das war kein mittelalterliches Piratenschiff, sondern vor ihm lag eine moderne Jacht mit mehreren Satellitenschüsseln und meterhohen Antennen auf dem Dach! So ein Boot konnte es nur im 21. Jahrhundert geben! Er machte vor Freude einen Luftsprung. Die Zeitreise hatte also wirklich funktioniert! Damit war zumindest eines sicher: Er brauchte sich nicht mehr vor Käptn Kidd zu fürchten.

Tim lief auf die Holzhäuser zu. Plötzlich öffnete sich eine Tür und drei Männer in Uniform traten heraus. Sie steckten sich Zigaretten an. Tim blieb erschrocken stehen. Waren das Soldaten, herrschte hier etwa Krieg?! Die Männer trugen Pistolenholster am Gürtel. Wenn sie ihn jetzt gefangen nähmen, würde Opa James niemals davon erfahren! Hektisch sah er sich nach einer Deckung um.

Warum war er auch so blöd gewesen, mitten über den Strand zu laufen?! Hier konnte er sich nirgendwo verstecken. Aber es war schon zu spät, einer der Männer hatte ihn bereits entdeckt! Der Mann sprang die Treppe von der Veranda herunter und zog die Pistole aus dem Holster.

»Stop!«, rief er und ging Tim entgegen. Die anderen beiden liefen nun auch auf ihn zu. Tim blieb stocksteif stehen und hob reflexartig die Hände hoch.

Als der Mann mit der Pistole den Jungen näher in Augenschein genommen hatte, lachte er plötzlich und steckte die Waffe weg. Tim sah sich drei dunkelhäutigen jungen Männern mit schwarzen kurz geschnittenen Bärten gegenüber. Sie trugen hellbraune Uniformen mit aufgesetzten Taschen, auf dem Ärmel war ein rundes blaues Zeichen aufgenäht. Die Männer signalisierten Tim, dass er seine Hände wieder herunternehmen konnte und musterten ihn ausgiebig. Vermutlich überlegten sie, warum hier mitten in der Nacht plötzlich ein Junge auftauchte, noch dazu dreckig und mit zerlumpten Klamotten.

Einer der Männer sprach ihn in einer fremden Sprache an.

War das Spanisch oder Italienisch? »Sorry, ich verstehe Sie nicht«, sagte Tim laut und deutlich. »Do you speak English?«

»No English«, antwortete einer der Männer. Sie diskutierten miteinander und gestikulierten dabei lebhaft mit den Händen. Tim spürte, dass er jetzt besser irgendetwas sagen sollte, bevor die Männer eine Entscheidung trafen, die ihm vielleicht nicht gefallen würde.

»Mein Großvater und ich, wir brauchen Hilfe!«, sagte er und versuchte, seiner Stimme einen energischen Klang zu geben.

»Hilfe?«, wiederholte einer der Männer fragend.

Tim nickte wild. »Hilfe, help, SOS!« Dabei zeigte er in Richtung des Hügels, über den er geklettert war.

»Ok!« Einer der Männer verschwand im Haus, um kurz darauf in Begleitung eines kleinen älteren Mannes zurückzukommen. Gemeinsam liefen sie auf den Bootssteg, an dem die Jacht festgemacht war. Die anderen beiden Männer folgten ihnen und gaben Tim ein Zeichen, dass er mitkommen sollte. Der Ältere startete schon den Motor. Tim suchte sich schnell einen Sitzplatz und kurz darauf brauste die Jacht los.

Sie fuhren aus der Bucht hinaus und passierten den steilen Hügel, über den Tim zuvor geklettert war. Der Fahrtwind blies ihm ins Gesicht und seine Locken flogen wild umher. Sie erreichten die Bucht, in der die Elisabeth tags zuvor geankert hatte. Tim sprang auf und hielt nach seinem Großvater Ausschau. Einer der Männer betätigte einen riesigen Scheinwerfer, der plötzlich einen grellen Lichtstrahl ausspuckte. Der Lichtkegel tastete sich suchend über den Strand. Tim stellte sich neben ihn und deutete in die Richtung, in der er James und Dick Morgan vermutete. Das Licht des Suchscheinwerfers strahlte mehrere hundert Meter weit, aber von den beiden war nichts zu sehen. Waren sie nicht mehr hier? Vielleicht suchten sie ihn inzwischen im Dschungel, weil er nicht zurückgekommen war? Hoffentlich war seinem Opa nichts zugestoßen! Tims Herz klopfte wie verrückt.

Der Kapitän drosselte den Motor und die Jacht fuhr langsam in die Nähe des Ufers. Da! Da waren sie! Dick Morgan schwenkte seinen Gehstock in der Luft und James stand winkend im knietiefen Wasser. Tim fiel vor Erleichterung ein Stein vom Herzen.

»Opa!«, schrie er und schwenkte wild die Arme hin und her. »Wir sind gerettet!«

Der Bootsführer stoppte und ließ ein Schlauchboot mit Außenbordmotor ins Wasser. Zwei Männer fuhren damit zum Ufer und Tim konnte im hellen Scheinwerferlicht beobachten, wie sie seinem Großvater und Dick halfen, in das Boot einzusteigen.

Als James auf die Jacht geklettert war, fiel ihm Tim in die Arme. Opa James lachte und weinte gleichzeitig und wollte seinen Enkel gar nicht mehr loslassen.

Es stellte sich heraus, dass die Männer tatsächlich Spanisch sprachen. Opa James beherrschte die Sprache zwar nur bruchstückhaft, konnte sich aber immerhin mit den Männern verständigen.

Sofort stellte Tim die Frage, die ihm am meisten auf der Zunge brannte: »Welches Datum ist heute?!«

James nickte und wandte sich wieder an die Männer. Während des kurzen Gesprächs wurde er erst ein wenig blass, dann aber glänzten seine Augen. »Tim, stell dir vor, heute ist auf den Tag genau das gleiche Datum, an dem wir unsere Zeitreise in Southbay begonnen haben! Es hat alles planmäßig funktioniert! Das ist einfach phänomenal!«

Tims Opa erfuhr, dass die Männer chilenische Inselranger waren, denn aus der ehemaligen Schatzinsel war inzwischen ein Naturschutzgebiet geworden und die Buchten und Riffe davor waren ein beliebtes Tauchrevier. Am nächsten Tag erwarteten die Ranger ein Versorgungsschiff, das Tim, James und Dick Morgan mit aufs chilenische Festland nehmen konnte.

Abends lagen Tim und James in einem Etagenbett, die Ranger hatten sie über Nacht in einem der Holzhäuser einquartiert. Tim sah von oben zu seinem Großvater hinab, so wie er es viele Wochen auf der Elisabeth gemacht hatte. Nur dass damals Rosie im unteren Bett gelegen hatte. Er spürte einen Stich im Herzen. Wo war sie jetzt nur?! War sie also doch in ihrer Zeit geblieben? Er hoffte, dass es ihr gut ging, wo auch immer sie war.

Tim musste an Rosies Vater denken und wie sie ihm das erste Mal am Walross in die Hände gefallen waren. »Sag mal, haben die Ranger dich nicht gefragt, wie wir auf die Insel gekommen sind und was wir hier suchen?«

»Natürlich wollten sie das wissen, das war ihre erste Frage!« James sah grinsend zu Tim hoch.

»Und was hast du ihnen geantwortet?«

»Na was wohl! Dass wir Vogelforscher sind, aus Bristol kommen und unser Schiff vergessen hat, uns wieder mitzunehmen!«

Ein Brief aus der Vergangenheit

Tim freute sich unbändig, endlich wieder nach England zurückzukehren und seine Familie wiederzusehen. Er freute sich auf sein großes weiches Bett und auf Backfisch mit Spaghetti, von trockenem Schiffszwieback hatte er für sein Leben genug. Die Ranger servierten den drei Zeitreisenden zum Abschied ein üppiges Mahl mit den exotischsten Früchten. James und Tim mussten lachen, als sie die bunten Beeren kosteten, die sie sich kurz zuvor noch nicht getraut hatten zu essen.

Als das Versorgungsschiff aus der Bucht hinaus aufs offene Meer fuhr, standen Tim Robber, James Grant und Dick Morgan an der Reling und sahen ein letztes Mal auf das grüne Eiland mit den wolkenverhangenen Berggipfeln zurück. Tim spürte eine grenzenlose Erleichterung – das war eine ganz schön knappe Sache gewesen. Es hätte nicht viel gefehlt und sein Großvater und er hätten den Rest ihres Lebens dort verbringen müssen, in einer falschen Zeit am falschen Ort ... Dann hätte er seine Familie niemals wiedergesehen. Tim schüttelte sich unwillkürlich. Zum Glück hatten sie es buchstäblich in allerletzter Sekunde geschafft. Kaum hatte er diesen Gedanken zu Ende gedacht, wurde die Insel von einer dichten Nebelwand verschluckt.

Nach fünf Stunden erreichten sie eine große Hafenstadt, wo James die Rückflüge in die Heimat buchte. Dick Morgan verabschiedete sich in Richtung Genf. Er wollte wieder zurück zum Institut in der Hoffnung, Hawkes Stelle übernehmen zu können. Am Flughafen war Dick Morgan dann plötzlich nicht mehr da, wie vom Erdboden verschluckt. So unwirklich er Tim damals im Zug nach Southbay erschienen war, so geheimnisvoll verschwand er wieder aus seinem Leben.

Tim und Opa James suchten im Flughafengelände nach Bekleidungsgeschäften, ihre alten Sachen waren verschlissen und löchrig. Beide sahen wie gestrandete Matrosen aus.

Als Tim in der Umkleidekabine seine verschmutzte alte Hose auszog, fühlte er etwas hartes Rundes in der aufgenähten Seitentasche. Neugierig fasste er hinein. Die Goldmünze aus der Schatzhöhle! Schwungvoll riss Tim

den Vorhang der benachbarten Kabine zurück, wo sein Großvater gerade in Unterhose vor dem Spiegel stand und ihn einigermaßen verdattert anblickte. »Tim, was ist los? Du siehst aus, als hättest du gerade Käptn Kidds Goldschatz gefunden!«

Strahlend streckte ihm Tim die Golddublone entgegen. »Nur ein Stückchen vom Schatz, aber immerhin!«

Den Flug über den Atlantik verschliefen James und Tim komplett. Die Strapazen der letzten Monate steckten ihnen in den Knochen. Nach der Landung benötigten zwei Stewardessen ganze zehn Minuten, um die beiden wach zu bekommen. Das Flugzeug war leer, als sie sich endlich von ihren Sitzen erhoben. Opa James und Tim konnten ihr Glück kaum fassen, als sie endlich wieder auf englischem Boden standen!

James hatte die Zeitkugel für den Sprung in die Zukunft auf das Datum ihrer Abreise programmiert, daher war in der Gegenwart keine einzige Sekunde verstrichen und folglich immer noch Tims erste Ferienwoche. Er konnte noch fünf lange Wochen ohne Schule genießen. Herrlich! Trotzdem wäre er am liebsten so schnell wie möglich nach Hause gefahren und hätte seinen Eltern von seinem Abenteuer erzählt. Aber Tim und sein Großvater beschlossen nach langen Diskussionen, alles geheim zu halten. Keiner sollte jemals davon erfahren. James hatte die Befürchtung, seine Tochter Betty würde ihm nie verzeihen, in welche Gefahren er ihren Sohn gebracht hatte, auch wenn die beiden ihr dadurch das Leben gerettet hatten!

Die beiden fuhren mit dem Zug von London nach Southbay und dort mit dem Taxi die Küstensteilstraße hoch zum Gutshof. Das Walross strahlte in der Nachmittagssonne. Das letzte Mal, als Tim hier gewesen war, hatten ihn Käptn Kidd und seine Männer überrascht.

Coco begrüßte sie mit kräftigen Flügelschlägen. »Gold! Gold! Gold!«, krächzte der Papagei.

Tim lachte. »Wenn du wüsstest, Coco, wie viel wir davon gesehen haben! Das wäre ein Paradies für dich gewesen!«

Opa James trat ans Fenster. Unter seinen Schuhen knirschten Glassplitter. »Der zerbrochene Rahmen ...«

»Er ist leer.« Tim war neben seinen Großvater getreten.

»Mit dieser Karte hat alles angefangen«, murmelte James. »Jetzt ist sie weg, mit Hawke in den Abgrund gestürzt.«

Plötzlich lief es Tim eiskalt den Rücken herunter, dann wurde ihm knallheiß. Die Karte! Er wusste, woher die

Karte stammte. Und er wusste auch, wer diese Karte gezeichnet hatte, die Karte, die nicht vollständig war, als ob jemand beim Zeichnen unterbrochen worden war. Sie war zwar mit Hawke am Basaltfelsen zerschmettert, aber *gleichzeitig* war sie in seinem Rucksack gewesen, den Käptn Kidd achtlos ins Gebüsch geworfen hatte.

»Es war *meine* Karte, Opa.« Fassungslos starrte Tim seinen Großvater an. »Die Karte in deinem Bilderrahmen war die, die ich selbst in Kidds Kajüte abgezeichnet hatte.«

Ein Zittern lief durch seinen Körper. Wie war die Karte nach über 300 Jahren aus dem Dschungel auf den Dachboden von Opa James' Haus gekommen? Auch James Grant, der große Physiker, wusste darauf keine Antwort.

Die Ferien in Southbay vergingen wie im Flug und Tim wollte es kaum glauben, dass schon der letzte Ferientag angebrochen war. Mam hatte am Vorabend angerufen und angekündigt, dass die komplette Familie kommen würde, um ihn abzuholen. Tim überlegte schon seit Tagen, wie er seiner Mutter erklären sollte, wo sein Rucksack abgeblieben war.

»Sag ihr einfach, wir haben ihn bei einem Ausflug liegen gelassen. Das ist ja nicht einmal gelogen.« Tim würde James' spitzbübisches Grinsen vermissen.

Beide zuckten zusammen, als sie die schiefen Töne von Paps VW-Bus-Hupe hörten. Vor dem Walross parkte der alte kanariengelbe Bus der Robbers.

Als sie vor die Tür traten, stürmte Betty Robber auf Tim zu, umarmte ihn und wollte ihn gar nicht mehr loslassen. Dann sah sie sich ihren Sohn genauer an. »Die Seeluft hat dir aber gutgetan, so gesund und kräftig wie du aussiehst! Du bist ja kaum wiederzuerkennen!«

Pap schüttelte James die Hand und nahm seinen Sohn in den Arm. »Ihr schaut aus, als wärt ihr ein Jahr lang durch die Karibik gesegelt!«

Tim und James sahen sich nur an und grinsten verschwörerisch.

Gwen hatte doch tatsächlich den Turbo-Fön mitgebracht und bat ihren Großvater, das Gerät so einzustellen, dass sie sich damit normal die Haare fönen konnte. Dafür würde sie gerne auch mehr Zeit im Badezimmer einplanen. In das Gelächter der Familie Robber stimmte James mit ein, ohne die wahren Ausmaße von Gwens Schönheitsprogramm auch nur zu ahnen.

Tim fiel der Abschied von seinem Großvater schwer, er hatte in ihm mehr als nur einen Freund gefunden. In den nächsten Ferien würde er ihn auf jeden Fall wieder besuchen.

Der alte VW-Bus bog in die Hafenstraße von Southbay ein. James hatte den Robbers empfohlen, vor der Heimfahrt noch einen Abstecher zum Rummelplatz auf dem Hafengelände von Southbay zu machen, sozusagen als Ferienabschluss. Nachdem John Robber endlich einen Parkplatz gefunden hatte und die vier den Weg zum Hafen hinunterschlenderten, spürte Tim ein Kribbeln im Nacken – sie gingen genau die gleiche Straße entlang, auf der James und er noch vor nicht allzu langer Zeit mit den Piraten zur Elisabeth marschiert waren! Angestrengt hielt er Ausschau nach bekannten Gebäuden, aber der Hafen hatte sich ganz und gar verändert. Schicke Cafés und Restaurants säumten die Uferpromenade. Keine Spur mehr von windschiefen Häuschen und rustikalen Piratenschänken.

Auf dem großen Autoparkplatz des Hafens waren die Karusselle aufgebaut. Schon von weitem stach Tim der Schriftzug *Todeslooping* ins Auge. Die Erinnerung an seinen Rückzug beim Klassenausflug war ihm zwar ein bisschen unangenehm, aber Angst empfand er beim Anblick des Stahlmonstrums jetzt nicht mehr. Die Robbers stellten sich vor das gigantische Fahrgeschäft. Hinter der Glasscheibe saß dieselbe Frau wie auf dem Billforder Rummelplatz. Tim erkannte auch den kahlköpfigen

Typen wieder, der die Fahrchips einsammelte. Starrte der ihn lauernd an?

»Na Tim, mein Großer, wie wär's mit einer Runde Achterbahn?« John Robber legte seinen Arm auf Tims Schulter.

»Ach Pap, das ist nichts für mich. Ich hab doch Höhenangst«, grinste Tim seinen Vater an. Er wusste jetzt, dass er in der Lage war, auf dreißig Meter hohe Schiffsmasten zu klettern, wackelige Hängebrücken über schwindelerregenden Schluchten zu überqueren und von Wasserfällen hoch wie Wolkenkratzer zu springen – wenn es nötig war. Aber ganz bestimmt würde er sich das nicht nur zum Spaß antun.

Familie Robber schlenderte weiter über den Rummel. Direkt am Kai waren verschiedene Verkaufsstände aufgebaut. Es gab Fische, Früchte und Brot, aber auch Kleidung und Bürsten. Ein Stand war mit einem Fischernetz umhüllt, in dem Seesterne und Muscheln eingefädelt waren. Hier wurde Schiffszubehör verkauft und alles Mögliche rund um die Seefahrt und das Meer, von Kompass, Fernrohr und Entermesser über Landkarten bis hin zu Bilddrucken von stolzen Dreimastern. Tim durchfuhr ein Schauer, als er erkannte, dass sie sich genau an dem Kai befanden, an dem die Elisabeth vor Anker gelegen hatte, bevor sie am nächsten Morgen Richtung Südsee ausgelaufen war. John Robber sah sich interessiert die Landkarten an, die in Folie eingepackt von der Decke des Verkaufsstandes baumelten. Mam und Gwen gingen langsam weiter.

Tim beobachtete seinen Vater, der eine Karte auseinanderrollte. Plötzlich tauchte ein großer dunkelhaariger Mann hinter dem Verkaufsstand auf und ging auf Pap zu. Tims Mund wurde staubtrocken. Das konnte doch nicht wahr sein! Der Typ sah haargenau aus wie Käptn Kidd! Die gleichen Gesichtszüge, der gleiche lange Zopf und auch der Bart erinnerte Tim an den Piratenkapitän. Allerdings war der Mann etwas kleiner und schmaler oder täuschte das nur? Plötzlich hörte Tim ihn lachen und fühlte sich sofort in die Zeit an Bord der Elisabeth zurückversetzt. Der Mann lachte sogar wie Kidd! Tim wippte nervös mit den Füßen. Wann ging sein Vater endlich weiter? Seit wann interessierte der sich überhaupt für alte Landkarten? Er brannte doch nur für seine Rosen in ihrem Minigarten.

Tim wollte weg von hier, aber Pap hatte scheinbar an den Landkarten Gefallen gefunden und rollte sie auf dem Verkaufstresen aus. Dabei diskutierte er mit dem Verkäufer, der tatsächlich wie ein kleinerer Bruder von

Käptn Kidd aussah. Da drehte der Mann sich um und pfiff durch die Zähne. Jetzt wurde Tim schwindelig – diesen Pfiff kannte er! So hatte Käptn Kidd gepfiffen, um Rosie herzuzitieren. Plötzlich verschloss sich Tims Kopf, die Geräusche des Vergnügungsparks verstummten. Er fühlte sich wie in einem Traum. Kam jetzt Rosie um die Ecke? Eine Tür hinter dem Verkaufsstand öffnete sich und … ein kleiner dunkelhaariger Junge trat heraus. Er lief zu dem Verkäufer und lehnte sich vertrauensvoll an ihn. Langsam drangen die Geräusche der Kirmes wieder in sein Bewusstsein.

»Tim, komm mal bitte.« Pap winkte ihm zu. Mit schweren Schritten ging er zu seinem Vater an den Stand. »Stell dir vor, das sind echte Nachfahren von William Kidd, dem berühmten Piraten!«, erklärte sein Vater begeistert. »Kidd hat sich hier in Southbay nach seiner letzten Kaperfahrt zur Ruhe gesetzt und mit seiner Tochter einen Gasthof geführt – und du wirst nie erraten, welcher das war.«

Tim war ganz bleich geworden und starrte den Mann an, der wie ein Abziehbild von Kidd aussah. »Opa James' Haus«, flüsterte er.

Pap sah enttäuscht aus. »Ach, du wusstest das schon, Tim Robber, gib's zu!«

Tim schüttelte den Kopf. *Mit seiner Tochter*. Rosie war also doch in ihrer Zeit geblieben und hatte mit ihrem Vater das Gasthaus gekauft. Wahrscheinlich von den Juwelen, die sie aus Joe Millers Versteck mitgenommen hatte. Er lächelte. Hoffentlich war sie in Southbay glücklich geworden.

Der Verkäufer musterte ihn jetzt mit hochgezogenen Augenbrauen. »Tim Robber?«, fragte er. »Aus Bristol?«

John Robber blickte verwirrt von dem Verkäufer zu seinem Sohn und wieder zurück. »Wieso Bristol? Kennt ihr euch?«

Tim schüttelte den Kopf, während der dunkelhaarige Mann bedächtig nickte. Er verschwand im Innern des Standes und kam nach kurzer Zeit mit einem alten, vergilbten Umschlag zurück. *Tim Robber, Bristol*, stand in schnörkeliger Schrift darauf. Alles in Tim purzelte durcheinander.

Der Verkäufer beugte sich zu ihm hinunter und mit einem Seitenblick auf John Robber, der immer noch völlig perplex auf seinen Sohn starrte, flüsterte er: »Den Brief geben wir seit Generationen weiter. Wir sollten ihn aufbewahren, genau bis zu diesem Jahr, wo wir im Hafen auf einen Tim Robber treffen würden. Jetzt ist der Tag gekommen.«

Tim fühlte etwas Hartes in dem Umschlag. Vorsichtig öffnete er das alte Papier. Ein schwarzer Lederriemen kam zum Vorschein und daran hing – ein blaues Amulett! Rosies Amulett!

Ende

Danke!

Vier Jahre liegen zwischen dem ersten geschriebenen Satz und dem Erscheinen meines ersten Romans *Tim Robber - Jagd nach dem Inselschatz*. Vier Jahre, in denen mir klar wurde, dass Bücherchreiben immer auch eine Gemeinschaftsarbeit ist. Danke an alle, die in irgendeiner Form mitgearbeitet haben: Allen voran den vielen Kindern aus Erolzheim, die meine ersten Testleser waren. Sie haben mich besonders motiviert, weiterzumachen. Besonderer Dank gebührt Paula, die die vielen Änderungen ohne Klagen immer sofort durchlas und beurteilte (danke, dass dir Rosie wichtig war!). Meiner Familie, die auch in schwierigen Zeiten zu meinem Buchprojekt gestanden hat. Thalia Brückner für die großartigen Illustrationen. Dem Dozenten Dr. Rüdiger Hillmer der Berliner Master School Drehbuchkurse, bei denen ich das dramaturgische Handwerk lernte. Meinem Vater, einem begabten Handwerker und Tüftler, dessen als Teelicht-Halter umfunktionierte Eisenkugel mir den Schreibimpuls für die Geschichte gab. Vielen Dank an Andrea Kortländer für die Durchsicht des Schlussmanuskriptes. Ohne Andrea Poßberg und Corinna Böckmann vom Südpol-Verlag, die immer an den Erfolg von *Tim Robber* glaubten, würde es dieses wunderbare Buch nicht geben.

Erolzheim, im Juli 2015

Christian Jaksch

Autor: Christian Jaksch

Vater einer Tochter und eines Sohns, verbrachte seine Kindheit in einem kleinen Dorf bei Memmingen im Allgäu. Schon als Junge war er von Abenteuergeschichten fasziniert. Er begann früh, Tagebuch zu schreiben. Der studierte Betriebswirt arbeitete in mehreren Krankenhäusern, bevor er über Drehbuchkurse seine Leidenschaft fürs Schreiben entdeckte. In seiner Freizeit genießt er das Motorradfahren oder er spielt Gitarre.

Illustratorin: Thalia Brückner

Thalia Brückner wurde 1991 in Oberhausen geboren, hat Kommunikationsdesign an der Folkwang Universität in Essen studiert und 2014 mit dem Bachelor of Arts abgeschlossen. Ihre Schwerpunkte sind Science-Fiction, Steam Punk, Fantasy, Character Design und Concept Art. Sie lebt und arbeitet als freischaffende Illustratorin in Oberhausen.

MAX UND DIE SACHE MIT DER RAUMZEIT-FALTUNGSINVERSION
FRANK SCHLENDER
Südpol

»Voller Fantasie und Magie«

Petra Hartmann, sciefinet.org

ab 10 Jahre

»Abenteuer und Spannung garantiert«
Fantastische Lesetipps Blog

abenteuerliche Internatsstory mit leichtem Gruselfaktor

● ***Lesepunkte bei Antolin sammeln!***

Andrea Tillmanns

Das magische Trio – Geister im alten Gemäuer

Wer glaubt schon an Geister? Judith jedenfalls nicht! Doch als ihre Eltern sie auf ein Internat schicken, ist sie sich da bald nicht mehr so sicher. Hier erwartet sie ein unglaubliches Abenteuer, das so einiges auf den Kopf stellt. Mit ihren neuen Freundinnen Sarah und Marie findet sie heraus, dass jede von ihnen besondere Fähigkeiten hat – magische Fähigkeiten! Und die brauchen sie auch bald: Als bei den Ausgrabungen der Archäologie-AG ein Geist aus seinem geheimnisvollen Kerker entweicht, passieren im Internat merkwürdige Dinge und für das Magische Trio beginnt ein Wettlauf gegen die Zeit …

204 Seiten, 168 x 205 mm,
gebunden, 12,90 €
ISBN 978-3-943086-04-1